COMMENT LE PRINCE CARDAN EN EST VENU À DÉTESTER LES HISTOIRES

HOLLY BLACK

COMMENT LE PRINCE CARDAN EN EST VENU À DÉTESTER LES HISTOIRES

Traduit de l'anglais (américain)
par Leslie Damant-Jeandel

Illustré par Rovina Cai

RAGEOT

L'édition originale de cet ouvrage a paru en 2020 en langue anglaise
chez Little, Brown and Company (New York, États-Unis) sous le titre
HOW THE KING OF ELFHAME LEARNED TO HATE STORIES

La présente édition est publiée avec l'aimable autorisation de l'autrice,
c/o BAROR INTERNATIONAL, INC. Armonk, New York, U.S.A.

ISBN : 978-2-7002-7881-1
Loi n° 49-956 du 16 juillet 1949 sur les publications destinées à la jeunesse

Pour Brian et Drake,
mais surtout pour Theo

forêt Courbée
palais de Domelfe
bois Lactés
INSMIRE
lac des Masques
bastion de Madoc

îles mouvantes de
DOMELFE
propriété de Locke
INSMOOR
Tour de l'Oubli
INSEAR
INSWEAL
Manoir Creux

Un prince de Terrafæ, nourri au lait de chatte et au mépris, né dans une famille aux trop nombreux héritiers… Un prince menacé par une bien vilaine prophétie… Depuis sa naissance, Cardan a été tour à tour adoré et détesté. Qu'il soit devenu ce qu'il est n'a sans doute rien d'étonnant. Au bout du compte, la seule vraie surprise, c'est qu'il ait fini par être couronné Grand Roi de Domelfe.

Certains n'hésiteraient pas à le comparer à un alcool qui brûle la gorge, si fort, si exaltant, si surprenant qu'il peut vous mettre à genoux.

Or, tant que vous êtes à genoux, Cardan est satisfait.

COMMENT LE PRINCE CARDAN EN EST VENU À DÉTESTER LES HISTOIRES

I

Où le prince de Domelfe fait route vers le monde des mortels

Comment ? s'étonne Cardan d'un ton outré, la tête baissée vers les vagues loin en contrebas. C'est ainsi que tu voyageais ? Et si l'enchantement s'était terminé en l'absence de Vivi ?

– J'imagine que j'aurais plongé dans le vide, répond Jude avec un calme déconcertant.

J'ai l'habitude de prendre des risques inconsidérés. Voilà ce que dit l'expression de son visage.

Cardan doit reconnaître que les étalons-séneçons sont rapides, et qu'il y a quelque chose de palpitant à fendre le ciel sur leur dos, la main simplement accrochée à leur crinière de feuillage. Il n'a rien contre un soupçon de danger, mais il n'irait pas jusqu'à s'en repaître… contrairement à d'autres. Il jette un coup d'œil à sa Grande

Reine, mortelle et imprévisible : ses cheveux châtains lâchés virevoltent autour d'elle et ses yeux ambrés s'illuminent lorsqu'elle le regarde.

Dans l'ordre des choses, elle et lui auraient dû être ennemis pour toujours.

Il n'en revient pas de sa chance, et il ne saurait expliquer comment il en est arrivé là.

– Maintenant que j'ai accepté de voyager à ta façon, crie-t-il pour couvrir le bruit du vent, à toi d'accepter une de mes requêtes. Promets-moi de ne pas te battre contre ce monstre dans l'unique but d'impressionner un simple Fæ solitaire – un Fæ qu'en plus tu n'apprécies pas !

Jude se contente de lui lancer un regard. Un regard qu'il ne lui connaissait pas du temps où ils suivaient les cours ensemble, au palais. Pourtant, la première fois qu'il lui a vu cet air conspirateur, téméraire et audacieux, il a su que c'était là son vrai visage.

Avec ou sans ce regard, Cardan connaît la réponse de Jude : évidemment, elle veut se battre, et peu importe l'adversaire. Elle se comporte comme si elle avait constamment besoin de prouver ce qu'elle vaut. De montrer sans cesse qu'elle mérite la couronne à son front.

Un jour, elle lui a raconté qu'elle avait affronté Madoc en duel. Elle l'avait empoisonné mais, lorsque le combat avait débuté, la drogue n'avait pas encore fait effet. Pendant que Cardan bavardait en buvant du vin, dans la salle voisine, Jude maniait l'épée contre son père adoptif, s'efforçant de gagner du temps.

Je suis ce que tu as fait de moi, avait-elle dit à l'ancien grand général alors qu'ils croisaient le fer.

Cardan sait que Madoc n'est pas le seul à avoir fait de Jude ce qu'elle est. Lui-même n'y est pas étranger non plus.

Parfois, l'idée d'être aimé d'elle lui paraît absurde. Bien sûr, il en ressent de la gratitude, mais cet amour lui semble n'être qu'une des lubies de Jude, ridicules, insensées et dangereuses. Elle veut se battre contre des monstres et avoir Cardan pour amant – ce même garçon que, naguère, elle rêvait d'assassiner. Elle n'aime rien de ce qui est facile et sans risque.

Rien de ce qui est bon pour elle.

– Je ne fais pas ça pour impressionner Bryern, se justifie-t-elle finalement. Il dit que je lui dois une faveur car, à une période, il a été le seul à accepter de me donner du travail. Il n'a pas tort.

– Selon moi, sa prétention mérite récompense, réplique Cardan d'un ton sec. Et pas celle que tu comptes lui accorder, hélas.

Elle soupire.

– S'il y a un monstre qui rôde parmi les gens du Peuple solitaire, c'est à nous de régler le problème.

En entendant ces mots, Cardan n'a aucune raison d'être parcouru d'un frisson d'effroi, pourtant il ne peut se débarrasser de ce sentiment d'inquiétude.

– Et les chevaliers qui nous ont prêté allégeance ? rétorque-t-il. Tu les prives peut-être d'un moment de gloire.

Jude laisse échapper un petit rire. Elle repousse son épaisse chevelure et essaie de la caler sous son bandeau d'or pour dégager ses yeux.

– Toutes les reines finissent par en vouloir toujours plus.

Cardan jure de reprendre cette discussion plus tard. Il semblerait que l'un de ses principaux devoirs en tant que Grand Roi consiste à rappeler à Jude qu'elle n'a pas à gérer personnellement chaque petit problème de Domelfe ou chaque banale exécution. Lui ne verrait pas d'inconvénient à provoquer çà et là quelques tourments, du genre qui n'impliquerait pas de tuer des gens mais, pour elle, leur rôle se résume à des corvées.

– Allons voir ce Bryern et écoutons ce qu'il a à dire. Si tu dois te battre contre la créature, tu n'as aucune raison de le faire seule. Tu pourrais emmener un bataillon de chevaliers – ou moi, à défaut.

– Tu penses que tu vaux un bataillon de chevaliers ? raille-t-elle avec un sourire.

Et pourquoi pas ? songe Cardan, bien qu'il ignore dans quelle mesure le monde des mortels altérera ses pouvoirs magiques. Il a tout de même fait surgir une île du fond de

la mer ! L'a-t-elle oublié ? N'en a-t-elle pas été impressionnée, ne serait-ce qu'un peu ?

– Je pense être capable de tous les vaincre dans un tournoi digne de ce nom. Un tournoi de boisson, par exemple.

Elle talonne sa monture en riant.

– On retrouve Bryern demain au crépuscule, lance-t-elle derrière elle avec un sourire mettant Cardan au défi de la rattraper. Ensuite, on décidera qui aura le droit de jouer les héros.

Ayant récemment cessé de jouer les méchants, Cardan songe à la tortueuse chaîne de décisions qui l'a conduit là, à faire la course dans le ciel en compagnie de Jude, avec l'intention de régler les problèmes plutôt que d'en provoquer davantage.

II

Où le prince de Domelfe est un grossier personnage

Bien des fois au cours des neuf premières années de sa vie, le prince Cardan dut dormir à même la paille dans les écuries, quand sa mère ne voulait pas de lui dans ses appartements. Il y faisait bon ; il pouvait imaginer qu'il y jouait à cache-cache, que quelqu'un le cherchait, et que, si personne ne le trouvait, c'était qu'il était particulièrement bien caché.

Une nuit, tandis qu'il écoutait les chevreuils, les élans et les étalons fæs s'ébrouer et les crapauds géants qu'on utilisait comme montures coasser, une troll s'arrêta devant l'enclos.

– Petit prince, le salua-t-elle.

Sa peau à l'aspect rugueux était du même gris bleuâtre que les rochers dans la rivière, et son menton était affublé d'une verrue sur laquelle poussaient trois poils dorés.

– Tu es le plus jeune rejeton d'Eldred, n'est-ce pas ? s'enquit-elle.

Depuis son tas de paille, enveloppé d'une cape élimée, Cardan la regarda en clignant des yeux.

– Va-t'en, lui ordonna-t-il de son ton le plus impérieux.

Cette réaction la fit rire.

– Je devrais te seller et monter sur ton dos pour faire le tour des jardins afin de t'enseigner les bonnes manières ! dit-elle finalement.

– Tu n'as pas le droit de me parler ainsi ! s'offusqua-t-il, scandalisé. Mon père est le Grand Roi.

– Alors qu'attends-tu pour courir te plaindre auprès de lui ? rétorqua-t-elle en haussant les sourcils.

Elle enroula et déroula autour de son doigt les longs poils dorés de sa verrue.

Cardan ne répondit pas. Il plaqua sa joue contre la paille rêche. En bas de son dos, sa queue s'agitait nerveusement. Il savait que le Grand Roi ne s'intéressait pas du tout à lui. Un de ses frères ou une de ses sœurs aurait pu intervenir s'ils s'étaient trouvés dans les environs et si cela les avait amusés, mais rien ne garantissait que cela aurait été le cas.

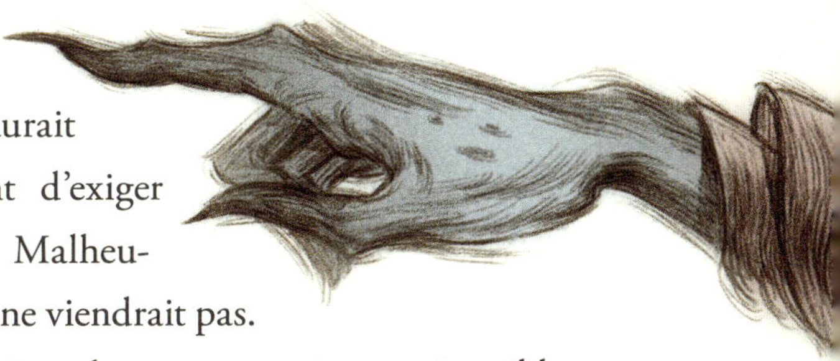

Sa mère, elle, aurait giflé la troll avant d'exiger qu'elle déguerpisse. Malheureusement, sa mère ne viendrait pas. Et puis les trolls étaient dangereux : puissants, irascibles, pratiquement invulnérables. Certes, ils se pétrifiaient sous les rayons du soleil… mais seulement jusqu'à la nuit suivante.

La troll pointa sur lui un doigt accusateur.

– Moi, Aslog de l'Ouest, qui ai mis à genoux Girda la géante, qui ai damé le pion à la sorcière de la Forêt en Jachère, j'ai œuvré sept ans au service de la reine Gliten. Sept longues années durant lesquelles j'ai tourné la meule de son moulin à blé pour réduire le grain en une poudre si fine et si pure que les pains qu'on en faisait étaient réputés dans tout Domelfe. À l'issue de ce délai, on m'avait promis une terre et un titre. Mais le dernier soir, Gliten m'a incitée à m'éloigner de la meule par la ruse, ce qui m'a contrainte à rompre notre marché. Je suis venue ici pour que justice soit faite. J'ai réclamé une audience à ton père, à la place des pénitents, pour solliciter son aide. Mais il m'a renvoyée, petit prince. Et sais-tu pourquoi ? Parce qu'il ne souhaite pas intervenir dans les affaires des cours inférieures. Dis-moi, mon enfant, à quoi sert un Grand Roi qui refuse d'intervenir ?

Cardan se moquait de la politique, mais il reconnaissait bien là l'indifférence de son père.

– Si tu penses que je peux t'aider, tu te trompes. Il ne m'aime pas non plus.

La troll – Aslog de l'Ouest, donc – le fixa d'un air renfrogné.

– Je vais te raconter une histoire, dit-elle soudain. À la fin, je te demanderai quelle en est la morale.

– Encore une histoire ? Ça parle aussi de la reine Gliten ?

– Attends de me donner ta réponse pour faire le malin.

– Et si je n'en ai pas ?

Elle lui adressa un sourire lourd de menaces.

– Dans ce cas, je t'enseignerai une tout autre leçon.

Il pensa à appeler un domestique à l'aide. Il devait bien y avoir un palefrenier dans les parages, mais Cardan ne s'était lié à aucun d'entre eux. De toute façon, qu'aurait-il fait ? Mieux valait faire plaisir à la troll en écoutant son histoire à la noix.

– Il était une fois, commença Aslog, un garçon qui avait la langue acérée.

Cardan se retint de ricaner. Même si la troll l'effrayait un peu, il avait tendance à tout prendre à la légère, y compris dans les moments les plus mal choisis.

– Il disait toutes les horreurs qui lui passaient par la tête, poursuivit-elle. À la boulangère, que son pain était plein de cailloux. Au boucher, qu'il était laid comme un navet. À ses frères et sœurs, qu'ils n'avaient pas plus d'utilité que les souris qui, dans leur placard, grignotaient les miettes du pain immangeable de la boulangère. Bien qu'il fût très beau garçon, il méprisait toutes les jeunes filles du village en affirmant qu'elles étaient aussi insipides que des crapauds.

Cardan ne put s'en empêcher : il rit.

La troll le regarda d'un air sombre.

– Moi, je le trouve drôle et sympathique, ce garçon, commenta-t-il avec un haussement d'épaules.

– Tu es bien le seul. En fait, il énervait tellement la sorcière du village qu'elle finit par lui jeter un sort. Vu qu'il se comportait comme s'il avait un cœur de pierre, elle lui en donna un. Il ne ressentirait plus rien : ni peur, ni amour, ni joie.

» À partir de cet instant, la poitrine du garçon se referma sur quelque chose de dur et lourd. Il perdit son allégresse. Il ne voyait plus de raison de se lever le matin, et encore moins de se coucher le soir. Même

les moqueries ne lui procuraient plus aucun plaisir. Sa mère estima qu'il était temps pour lui d'aller chercher fortune dans le vaste monde. Peut-être y trouverait-il un moyen de lever la malédiction.

» Le garçon se mit donc en route sans rien d'autre dans les poches que des miettes du pain honni de la boulangère. Il marcha et marcha jusqu'à atteindre une ville. Il avait beau n'éprouver ni joie ni chagrin, il ressentait la faim, une raison suffisante pour chercher du travail. Il trouva un tavernier qui l'embaucha pour embouteiller sa bière en échange d'un bol de soupe, d'une place au coin du feu et de quelques pièces. Il travailla pendant trois jours, à l'issue desquels le tavernier le paya trois pennies de cuivre.

» Alors qu'il s'apprêtait à partir, le garçon se sentit sur le point de lancer une pique blessante. Mais puisqu'il n'en aurait tiré aucune satisfaction à cause de son cœur de pierre, pour la première fois, il ravala ses mots cruels et se contenta de demander au tavernier s'il connaissait quelqu'un qui aurait de l'ouvrage pour lui.

» " Tu es un brave garçon, alors je vais te faire une confidence, même si je le regretterai peut-être, répondit le tavernier. Le baron cherche à marier sa fille. Il paraît qu'elle est si terrifiante qu'aucun homme n'a réussi à passer trois nuits de suite dans sa chambre. Mais si tu y parviens, tu gagneras sa main… et sa dot. "

» " Je n'ai peur de rien ", affirma le garçon, car son cœur de pierre rendait toute émotion impossible.

Cardan interrompit Aslog :

– La morale est évidente : le garçon s'est vu attribuer une quête, car il a été courtois avec le tavernier. En revanche, comme il s'est montré grossier avec la sorcière, elle lui a jeté un sort. Le garçon aurait dû rester poli, c'est ça ? Car quand les garçons sont grossiers, ils sont punis.

– Ah, mais si la sorcière ne lui avait pas jeté de sort, il n'y aurait pas eu de quête ! nuança la troll en pointant un long doigt sur Cardan. Le garçon serait resté chez lui, à affûter son mauvais esprit sur un pauvre fabricant de bougies. Écoute encore un peu, petit prince.

Cardan avait grandi au palais, jeune sauvageon choyé par les courtisans et réprouvé par le Grand Roi. Puisque personne ne l'aimait vraiment, il avait décidé que lui aussi ferait peu de cas des autres. Quand il lui arrivait d'avoir une idée pour gagner l'estime de son père, obtenir le respect de la cour et faire en sorte d'être aimé, il la gardait pour lui. Et il ne demandait à personne de lui raconter des histoires. Il trouvait pourtant que c'était agréable. Ça aussi, il le garda pour lui.

Aslog s'éclaircit la voix avant de poursuivre son récit :

– Lorsque le garçon se présenta au baron, le vieil homme posa sur lui un regard triste. « Passe trois nuits avec ma fille sans montrer de peur, et tu l'épouseras en plus d'hériter de tous mes biens. Toutefois, je t'avertis : aucun homme n'a réussi cet exploit, car ma fille est sous l'emprise d'une malédiction. »

» « Je n'ai peur de rien », affirma le garçon.

» « Voilà qui est regrettable », déplora le baron.

» Le garçon ne vit pas la fille de la journée. Quand vint le soir, les serviteurs lui donnèrent un bain et lui apportèrent un copieux repas composé d'agneau rôti, de pommes, de poireaux et de salade d'hiver. N'ayant pas la moindre appréhension, il mangea jusqu'à avoir le ventre plein : il n'avait jamais fait un aussi bon repas. Puis il se reposa en attendant la nuit.

» Enfin, on le mena à une chambre au milieu de laquelle trônait un lit. Dans un coin se trouvait un canapé lacéré. Dehors, il entendit l'une des servantes regretter à voix basse qu'un si beau jeune homme dût mourir prématurément.

Penché en avant, Cardan était à présent captivé.

– Il patienta tandis que la lune se levait par la fenêtre. Puis quelque chose entra. Un monstre couvert de poils, la gueule hérissée de trois rangées de crocs acérés. Les précédents candidats s'étaient enfuis, terrorisés, ou l'avaient attaqué, dans une brusque bouffée de rage. Mais avec son cœur de pierre, le garçon ne ressentit rien, si ce n'est de la curiosité. La créature fit grincer ses crocs, attendant qu'il montre sa peur. Lorsqu'elle le vit grimper dans le lit, impassible, elle le suivit et se lova à ses pieds, comme un énorme chat.

» Le lit était très confortable. On y dormait bien mieux que sur le sol d'une taverne. Tous deux ne tardèrent pas à s'endormir. À son réveil, le garçon était seul.

» La famille se réjouit de le voir sortir de la chambre, car il était le premier à avoir réussi à passer une nuit en compagnie du monstre. Le garçon passa la journée suivante à se promener dans les jardins. La beauté des lieux ne lui procura aucune joie, ce qui le troubla. La deuxième nuit, le garçon emporta son dîner dans la chambre et le posa par terre. Lorsque la créature monstrueuse apparut, il attendit qu'elle mange avant de se servir. Elle lui rugit au visage mais, une fois de plus, il ne se sauva pas, et lorsqu'il alla se coucher, elle le suivit.

» La troisième nuit, la maisonnée ne tenait plus en place. On passa au garçon une tenue de mariage, les noces étant prévues le lendemain, à l'aube.

Cardan perçut dans la voix de la troll une inflexion qui impliquait une fin bien différente.

– Et alors ? N'a-t-il pas levé la malédiction ?

– Patience, le sermonna Aslog. La troisième nuit, la créature vint directement le voir et frotta contre lui sa mâchoire poilue. Peut-être était-elle enthousiaste à l'idée que, dans quelques heures, la malédiction puisse être levée ? Peut-être avait-elle de l'affection pour le garçon ? Peut-être la malédiction l'obligeait-elle à mettre son courage à l'épreuve ? Quelle qu'en soit la raison, quand elle constata qu'il ne bronchait pas, elle donna un petit coup de tête contre son torse, pour jouer. Mais elle ne connaissait pas sa force. Le garçon fut projeté contre le mur, et il sentit quelque chose se briser dans sa poitrine…

– Son cœur de pierre, comprit Cardan.

– Oui, confirma la troll. Un immense amour pour sa famille le submergea. Il eut envie de retrouver le village de son enfance. Il éprouvait aussi un étrange et tendre amour pour sa fiancée maudite.

» “ Tu m’as guérie ”, dit-il, les joues mouillées de larmes.

» Des larmes que la créature prit pour une manifestation de sa peur.

» Elle ouvrit alors sa mâchoire gigantesque, dévoilant ses crocs luisants. Son long museau frémissant, elle sentit l’odeur de la proie. Elle entendit le cœur du garçon battre plus fort. Et là, elle bondit sur lui et le réduisit en charpie.

– Elle est nulle, cette histoire ! s’offusqua Cardan. Il aurait mieux fait de ne jamais quitter son village. Ou il aurait dû lancer sa pique au tavernier. Ton conte n’a aucune morale, sauf si la morale, c’est que rien n’a de sens.

La troll l’observa d’un air tranquille.

– Oh, je crois qu’il y en a une, petit prince : une langue acérée ne fait pas le poids contre des crocs acérés.

III

Où le prince de Domelfe déteste (presque) tout et tout le monde

Quelques années à peine s'étaient écoulées lorsque Cardan se retrouva devant le manoir du plus âgé de ses frères. La porte lustrée était ornée d'un imposant visage sculpté à l'air peu engageant. Devant les yeux du jeune prince, la sculpture tordit ses lèvres de bois en un sourire encore plus inquiétant.

Je ne te laisserai pas m'effrayer, songea-t-il.

– Bienvenue, mes princes, les salua la porte.

Puis elle s'ouvrit pour les laisser pénétrer, Balekin et lui, dans la demeure qui portait le sinistre nom de Manoir Creux.

Quand Cardan franchit le seuil, la sculpture lui adressa un clin d'œil amical.

Je ne te laisserai pas non plus devenir mon amie, pensa-t-il.

Balekin conduisit son plus jeune frère dans une salle pleine de meubles tapissés de soie et de velours. Une humaine vêtue d'une tenue gris terne se tenait dans un coin, ses cheveux striés d'argent rassemblés en un chignon strict. Entre ses mains reposait une lanière de cuir usée.

– Alors… il paraît que c'est *moi* qui suis censé faire de *toi* un prince de Domelfe digne de ce nom, se rengorgea Balekin en lâchant sur le sol son manteau au col bordé de fourrure.

Après l'avoir écarté d'un coup de pied pour qu'une servante le ramasse, il s'assit dans l'un des opulents canapés bas.

– Ou un prince délicieusement indigne, plaisanta Cardan.

Par ce trait d'esprit, il espérait être le petit frère que Balekin jugerait intéressant de prendre sous son aile. Balekin était le chef des Passereaux, le cercle le plus grand et le plus influent de la cour, dédié à l'amusement et à la décadence. Tout le monde savait que les courtisans qui participaient aux fêtes données au Manoir Creux étaient des paresseux friands de plaisirs. Peut-être Cardan trouverait-il sa place parmi eux ? Il était lui-même paresseux et friand de plaisirs…

Balekin sourit.

– C'est presque charmant, petit frère. Tu as raison de chercher à me flatter, car si je n'avais pas accepté de t'accueillir, on t'aurait peut-être envoyé dans une des cours inférieures. Les lieux ne manquent pas, où un prince de Domelfe sans importance serait considéré comme une source d'excellents divertissements, dont aucun ne serait agréable pour toi.

Cardan ne cilla pas mais, pour la première fois, il réalisa que, même s'il avait déjà vécu des choses terribles, l'avenir lui réservait peut-être le pire.

Depuis que Dain l'avait piégé en s'arrangeant pour que la flèche qui avait tué l'amant du sénéchal de son père passe pour celle de Cardan ; depuis que sa mère avait été enfermée dans la Tour de l'Oubli pour ce crime présumé, et qu'Eldred avait refusé d'entendre la vérité ; depuis qu'on l'avait banni du palais, Cardan avait l'impression d'incarner le garçon du conte d'Aslog. Il avait un cœur de pierre.

– Je t'ai fait venir ici parce que tu es l'un des rares à connaître le vrai visage de Dain, poursuivit Balekin. Tu as donc de la valeur à mes yeux. Pourtant, ça ne m'empêche pas de te considérer comme un fardeau. Tu choisiras des habits dignes de ton rang et tu cesseras de porter des vêtements sales et déchirés. Tu ne voleras plus de nourriture dans les cuisines ou les banquets, et tu mangeras à table, avec des couverts dont tu feras usage. Tu apprendras les bases du combat à l'épée et tu suivras les cours au palais, où j'attends de toi que tu fasses exactement ce qu'on te demandera.

Cardan afficha un sourire sans joie. Un des serviteurs de la demeure royale l'avait forcé à revêtir un pourpoint bleu avant de le coiffer avec une vigueur presque agressive, jusqu'à peigner la touffe de poils à l'extrémité de sa queue. Mais les vêtements étaient vieux. Des fils pendaient aux manchettes, son pantalon était élimé aux genoux. Toutefois, étant donné que cela ne l'avait jamais dérangé jusque-là, il refusa que cela le dérange maintenant.

– Comme il te plaira, mon frère.

Balekin esquissa un sourire indolent.

– À présent, je vais te montrer ce qui se passera si tu échoues. Voici Margaret. Margaret, approche.

Il fit signe à la femme aux cheveux argentés. Elle se dirigea vers eux d'une démarche assez déroutante, comme en pleine crise de somnambulisme.

– Que lui arrive-t-il ? voulut savoir Cardan.

Balekin bâilla.

– Elle est ensorcelée. Victime d'avoir été assez bête pour avoir passé un marché.

L'expérience de Cardan avec les mortels était limitée. Certains d'entre eux passaient par la Haute Cour : musiciens, artistes et amants qui rêvaient de magie et l'y avaient trouvée. Il y avait aussi les jumelles que le grand général Madoc avait enlevées au monde des humains et qu'il mettait un point d'honneur à élever comme ses filles. Il les embrassait sur le haut du crâne, posant sur leurs épaules ses doigts griffus, dans un geste protecteur.

– Les humains sont comme les souris, persifla Balekin. Ils n'ont pas le temps d'apprendre à ruser, car ils meurent avant. Autant les mettre à notre service. Cela donne un sens à leur courte vie.

Cardan observa Margaret. Son regard vide le troublait toujours. Cependant, la lanière qu'elle tenait l'inquiétait davantage.

– Elle va t'infliger une correction, annonça Balekin. Sais-tu pourquoi ?

– Tu vas m'éclairer, j'en suis sûr, répondit Cardan avec un sourire méprisant.

Il était presque soulagé de savoir que tenir sa langue ne lui serait d'aucune utilité, d'autant plus que ça n'avait jamais été son fort.

– Je ne veux pas me salir les mains, dit Balekin. Mieux vaut que tu fasses l'expérience d'être battu par une créature qui devrait t'être inférieure. Chaque fois que tu penseras à quel point les mortels sont dégoûtants, avec leur peau grêlée, leurs dents pourries et leur esprit étriqué et fragile, je veux que tu songes à cet instant, quand tu étais plus bas qu'eux. Et souviens-toi que tu as consenti à te soumettre : si tu t'y refuses, tu devras quitter le Manoir Creux et renoncer à mon indulgence… À présent, petit frère, à toi de choisir ton avenir.

Finalement, il s'avéra que Cardan n'avait pas un cœur de pierre. Lorsqu'il ôta sa chemise et s'agenouilla, lorsqu'il serra les poings et se retint de crier quand la lanière s'abattit sur lui, une haine brûlante l'envahit. Pour Dain, pour son père, pour ceux de ses frères et sœurs qui l'avaient rejeté et pour celui qui l'avait accueilli. Pour sa mère, qui avait craché à ses pieds lorsqu'on l'avait emmenée à la Tour de l'Oubli, pour ces mortels stupides et répugnants.

Pour Domelfe et tous ses habitants. Une haine si intense, si aveuglante que ce fut la première chose qui le réchauffa véritablement. Une haine si confortable qu'il accepta volontiers de se laisser consumer par elle.

Il n'avait pas un cœur de pierre, mais un cœur de feu.

Sous la tutelle de Balekin, Cardan se réinventa. Il apprit à boire du vin issu de multiples cépages, en grandes quantités, à consommer des poudres qui le faisaient rire, chuter ou qui l'engourdissaient tout à fait. Avec son frère, il rendit visite aux tisserands et tailleurs pour choisir des pourpoints aux manchettes de plumes, ornés d'exquises broderies, aux cols aussi pointus que ses oreilles, confectionnés dans des étoffes aussi soyeuses que la touffe au bout de sa queue – une queue qu'il cachait, car elle dévoilait trop ce qu'il s'efforçait de masquer sur son visage. À l'instar des fleurs empoisonnées qui déploient leurs couleurs vives et des cobras qui gonflent leur capuchon, les prédateurs ne devaient pas être tenus de renoncer aux extravagances. Ce fut précisément à cela qu'on l'éduqua, à coup de polissage et de punitions.

Lorsqu'il revint au palais dans de somptueux habits, parfaitement respectueux envers Eldred, exhibé par son frère comme s'il était un faucon apprivoisé, tout le monde fit comme si sa disgrâce avait pris fin. Balekin lui donna plus de liberté en l'autorisant à faire ce qu'il voulait tant qu'il ne s'attirait pas les foudres de leur père.

Ce printemps-là, Domelfe était en ébullition : la cour s'apprêtait à recevoir la visite d'État de la reine Orlagh et

n'avait de toute façon que peu de temps à consacrer à un prince dévoyé.

Il se murmurait que si Orlagh, connue pour anéantir ses rivaux des Fonds marins de manière aussi rapide que brutale, ne détenait pas déjà le contrôle absolu sous les flots, ce serait bientôt chose faite. De plus, elle avait fait part de son désir que sa fille soit éduquée sur la terre. À la Haute Cour de Domelfe.

Un honneur. Et une occasion en or, si l'on était assez malin pour la saisir.

Orlagh espère que sa fille épousera l'un des héritiers d'Eldred, avait entendu dire Cardan par une courtisane. *Après quoi, elle complotera pour que ce prince devienne le prochain souverain de Domelfe, afin que Nicasia, sa fille, règne sur la terre et la mer.*

Et ensuite, l'époux sera sûrement victime d'un accident tragique, avait ajouté une autre.

Même si ces hypothèses n'étaient pas sans fondement, certains ne voyaient que les bénéfices immédiats d'une telle alliance. Balekin et deux de ses sœurs entreprirent de se lier d'amitié avec Nicasia, imaginant que ces nouvelles relations modifieraient l'équilibre des pouvoirs dans la famille.

Cardan les trouvait idiots. Parmi ses héritiers, leur père favorisait déjà sa deuxième-née, la princesse Elowyn.

Et s'il ne la choisissait pas, ce serait le prince Dain qui lui succéderait, grâce à ses machinations. Les autres n'avaient pas la moindre chance.

Cela ne lui faisait ni chaud ni froid.

Il décréta qu'il se montrerait aussi désagréable que possible avec la fille de la mer, peu importe les punitions que lui infligerait Balekin. Il refusait de s'associer à cette farce. Il ne laisserait pas à la princesse des Fonds marins le loisir de le mépriser.

Le jour de la venue de la reine Orlagh et de sa fille Nicasia, des tentures bleues avaient été accrochées dans le grand hall. De minuscules crevettes frémissaient sur des plateaux de glace pilée, côtoyant des tranches de coquilles Saint-Jacques crues, des biscuits au miel et des gâteaux d'avoine. Les musiciens jouaient des chansons du peuple de la mer, lesquelles résonnaient étrangement à l'oreille de Cardan. Il avait revêtu pour l'occasion un pourpoint de velours bleu. Des anneaux d'or pendaient à ses oreilles

et des bagues recouvraient ses doigts. Ses cheveux aussi noirs que les fruits du prunellier retombaient autour de ses joues. Quand les courtisans le regardèrent, il sut qu'ils voyaient en lui une personne nouvelle ; quelqu'un d'attirant et d'un peu effrayant à la fois. Cette sensation le grisa plus que n'importe quel vin.

Puis la procession apparut, vêtue comme une armée conquérante. Menées par Orlagh, les créatures des Fonds marins étaient parées de crocs, d'os et de peaux. La reine portait une robe faite de raies. Ses cheveux noirs étaient ornés de perles. À sa gorge pendait une demi-mâchoire de requin.

Orlagh présenta sa fille au Grand Roi. La princesse avait les cheveux d'un turquoise profond, comme la mer, retenus en arrière par des peignes de corail. Sa robe était taillée dans une peau de requin grise. À sa brève révérence, on comprenait qu'elle n'avait jamais douté de sa valeur. Elle balaya la salle d'un regard ostensiblement dédaigneux.

Balekin fondit sur elle, sans aucun doute pour tenir une conversation légère et charmante, saupoudrée de petits compliments. Elle se mit à rire.

Cardan mordit dans l'une des crevettes crues frétillantes. C'était immonde. Il la recracha sur le sol de terre battue. Un garde des Fonds marins le fixa, prenant à l'évidence ce rejet pour une insulte.

Le prince lui adressa un geste grossier. Le soldat détourna le regard.

Cardan se servit une grande assiette de gâteaux d'avoine nappés de miel qu'il trempa dans du thé. Quand la princesse Nicasia se joignit à lui, il s'interrompit, la bouche pleine, et s'empressa de déglutir.

– Tu dois être le prince Cardan, dit-elle en guise de préambule.

– Et toi, la princesse des poissons. Celle pour qui on fait tout ce tapage.

Il la gratifia d'un sourire narquois, lui signifiant ainsi qu'il n'était pas impressionné.

– Tu es très grossier, constata-t-elle.

À l'autre bout de la salle, la princesse Caelia avançait vers eux d'un pas pressé, ses cheveux dorés comme de la barbe de maïs volant derrière elle. Mais il était trop tard pour empêcher l'incident diplomatique que ne manquerait pas de provoquer son plus jeune frère.

– J'ai de nombreuses qualités. Certaines sont pires encore, rétorqua Cardan.

Étonnamment, cette réplique fit naître sur les lèvres de Nicasia un sourire discret, adorable et venimeux.

– Ah oui ? Tant mieux, car les autres convives m'ennuient au plus haut point.

Soudain, tout s'éclaira. La fille de la redoutée Orlagh, qui devait régner sur les profondeurs des Fonds marins, ce monde brutal, avait hérité du sang-froid de sa mère. Bien sûr qu'elle méprisait les flatteries creuses et la servilité stupide des enfants d'Eldred. Cardan lui rendit son sourire, satisfait de voir qu'ils se comprenaient.

À cet instant, la princesse Caelia arriva, bouche bée, prête à dire quelque chose qui éloignerait leur honorable invitée de ce pitoyable petit frère peut-être pas si dompté que ça.

– Oh, va-t'en, Caelia, ordonna Cardan avant qu'elle ait pu prononcer un mot. La princesse de la mer te trouve barbante.

Sa sœur referma brusquement la bouche avant de prendre un air de surprise comique.

Nicasia rit.

En dépit du charme et de la distinction de ses frères et sœurs, ce fut Cardan qui remporta les faveurs des Fonds marins. C'était la première fois qu'il remportait quoi que ce soit.

Nicasia à son bras, Cardan commença à éveiller l'attention. Il finit par former une méchante petite bande de quatre qui rôdait dans les îles de Domelfe, cherchant à semer le trouble. Ainsi, Cardan et ses nouveaux amis effilochèrent de précieuses tapisseries et incendièrent une partie de la forêt Courbée. Ils firent pleurer leurs professeurs et semèrent la terreur parmi les courtisans, effrayés à l'idée de les contrarier.

Il y avait Valerian, qui aimait la cruauté comme certains parmi le Peuple aiment la poésie.

Locke, qui disposait d'une propriété vacante pour laisser libre cours à leur folie, et dont l'appétit pour les distractions paraissait insatiable.

Nicasia, que son mépris pour la terre rendait impatiente de voir Domelfe lui baiser les pieds.

Et Cardan qui, s'inspirant de Balekin, apprenait à utiliser son statut pour obliger le Peuple à se prosterner devant lui, à le supplier, à ramper, à se soumettre. Cardan, qui adorait jouer les méchants.

Les méchants étaient les plus beaux. Ils pouvaient se montrer cruels et égoïstes, se pomponner devant un miroir, empoisonner des pommes et piéger les jeunes filles dans des montagnes de verre. Ils donnaient libre court à leurs plus bas instincts, se vengeaient à la moindre protestation et s'emparaient de tout, y compris de ce dont ils ne voulaient pas. Évidemment, ils finissaient dans des barriques hérissées de clous ou chaussés de souliers de danse en fer chauffés à blanc. Non seulement ils mouraient, mais ils mouraient dans les hurlements et la disgrâce.

Toutefois, avant de connaître ce funeste destin, ils étaient les plus beaux de tout le royaume.

IV

Où le prince de Domelfe enivre un papillon de nuit

Le prince Cardan était loin d'avoir l'impression de faire partie des méchants le soir où il vola au-dessus de la mer sur le dos d'un papillon de nuit géant. L'insecte venait de la forêt Courbée et appartenait à sa mère, qui l'avait apprivoisé à coup de miel et de vin. Depuis l'emprisonnement de sa maîtresse à la Tour de l'Oubli, le papillon de nuit trouvait le temps long. Cardan n'avait eu aucun mal à le mettre à son service grâce à quelques gorgées d'hydromel.

La poudre de ses ailes faisait sans cesse éternuer le prince. Il maudit sa monture, son impulsivité et plus encore la femme entre deux âges qui s'agrippait à lui d'une poigne trop ferme.

Il s'était convaincu qu'enlever une servante de Balekin n'était qu'une bonne farce, une manière de faire payer à son frère les mauvais traitements qu'il lui infligeait.

Non, Cardan n'était pas en train de sauver cette femme, et on ne l'y reprendrait pas.

– Tu sais que je ne t'apprécie pas, lança-t-il à Margaret en la regardant d'un air mauvais.

Elle ne répondit pas. Peut-être ne l'avait-elle même pas entendu, avec le vent qui les fouettait.

– Tu as fait une promesse à mon frère – une promesse idiote, mais une promesse quand même, reprit-il. Tu mérites…

Il ne dit pas la suite. *Tu mérites tout ce qui t'arrive.* Cela aurait été mentir, et bien que parmi le Peuple certains soient capables de tromperies, aucun mensonge ne pouvait franchir leurs lèvres.

Il jeta un regard noir vers les étoiles qui scintillaient comme pour l'accuser.

Je ne suis pas faible! aurait-il voulu hurler, sans être certain de pouvoir prononcer cette phrase à voix haute.

La vue des domestiques humains le perturbait: leur regard vitreux, leurs lèvres gercées... Rien à voir avec les jumelles à l'école du palais.

Il pensa à l'une de ces deux filles, concentrée sur sa lecture, calant une boucle de cheveux châtains derrière une oreille curieusement arrondie.

Il pensa à ses sourcils froncés par la méfiance, à son regard.

À la fois alerte et méprisant. Conscient. Vivant.

Il l'imagina en servante décérébrée et éprouva un mélange d'émotions qu'il eut du mal à identifier: de l'horreur, mais aussi une sorte de soulagement intense. Aucune humaine n'aurait pu avoir un tel regard si elle avait été ensorcelée.

Sur le rivage brillaient les lumières de la ville. Le papillon de nuit s'y dirigea, projetant au visage de Cardan une nouvelle bourrasque poudrée. Il fut secoué d'une quinte de toux qui l'arracha à ses rêveries.

– Descends sur la plage, parvint-il à articuler, s'étouffant à moitié.

Margaret resserra sa prise autour de sa taille, comme si elle essayait de s'accrocher à l'une de ses côtes. La queue écrasée du prince formait un angle bizarre dans son dos.

– Aïe, se plaignit-il avant d'être, une fois de plus, ignoré.

Enfin, le papillon de nuit se posa sur un rocher noir grêlé de berniques, à demi immergé. En descendant de l'insecte, Cardan marcha dans une flaque laissée par la marée et trempa ses luxueuses bottes.

– Et maintenant, qu'est-ce que je fais ? demanda Margaret en l'observant.

Lorsqu'ils avaient quitté Domelfe, Cardan n'était pas certain d'avoir levé complètement le charme,

mais apparemment, il avait réussi.

– Ce que les mortels font chez eux, répondit-il.

À son tour, Margaret mit pied à terre puis avança sur la plage, entre les flaques. Frissonnante, elle poussa alors un profond soupir.

– Ce n'est pas une ruse ? Je suis libre pour de bon ?

– Va-t'en, insista Cardan en la chassant d'un geste de la main. J'aimerais vraiment que tu disparaisses.

– Pourquoi moi ?

Elle n'était ni la plus jeune, ni la plus vieille, ni la plus robuste, et loin d'être la plus pitoyable. Tous deux savaient ce qui la distinguait des autres, et tous deux en étaient répugnés.

– Parce que je ne veux plus te voir, confessa Cardan.

La femme l'examina et passa la langue sur ses lèvres abîmées.

– Je n'ai jamais voulu…

Elle laissa le reste en suspens, ayant à coup sûr remarqué l'expression du visage du prince. Curieusement, elle paraissait incapable de poursuivre, comme lorsqu'une créature du Peuple commence une phrase avant de se rendre compte que mentir lui est impossible.

De toute façon, Cardan connaissait la suite : *Je n'ai jamais voulu te fouetter jusqu'au sang. Seulement, ton frère m'avait envoûtée… L'humiliation fait toujours partie des châtiments qu'il impose. Et quoi de plus humiliant que d'être battu par un mortel ? Mais évidemment, oui, je te déteste. Je vous déteste tous, vous qui m'avez privée de ma vie. Et une partie de moi a pris plaisir à te faire souffrir.*

– Je sais, souffla Cardan. Maintenant, disparais.

Elle scruta un long moment ses cheveux noirs et bouclés décoiffés par le vent et ses oreilles pointues. Celles-ci lui rappelaient sans doute que, malgré ses bottes trempées qui s'enfonçaient dans le sable, malgré sa ressemblance avec un garçon mortel, il ne l'était pas.

Enfin, l'humaine se retourna puis remonta sur la plage froide et désolée en direction des lumières. Cardan la regarda s'éloigner, se sentant épuisé, misérable, idiot.

Et seul.

Je ne suis pas faible ! aurait-il voulu lui crier. *Ne t'avise pas d'avoir pitié de moi. C'est toi qui devrais inspirer la pitié, mortelle ! C'est toi qui n'es rien, tandis que moi, je suis un prince de Terrafæ.*

D'un pas raide, il rejoignit l'énorme papillon de nuit, mais la créature refusa de le ramener à Domelfe jusqu'à ce qu'il se rende dans un supermarché et achète un pack

de six bières avec des feuilles ensorcelées en billets de banque. Après quoi, le prince versa la boisson par terre. Une flaque de mousse se forma et l'insecte s'y désaltéra.

V

Où le prince de Domelfe est légèrement incommodé

L'étrange arrondi de son oreille était ce qu'il avait remarqué en premier. Une courbe qui se retrouvait dans ses joues et sa bouche. Puis ce fut la densité de son corps, comme s'il était fait pour occuper l'espace et peser sur le monde. Lorsqu'elle marchait, elle laissait des empreintes de pas sur l'humus.

En effet, elle ne savait pas se déplacer furtivement, sans déranger les feuilles et les branches. Il se félicitait de voir à quel point elle était mauvaise, même pour quelque chose d'aussi facile.

Ce ne fut que plus tard qu'il fut troublé en songeant à la marque de sa botte dans le sol ; comme si cette fille était le seul élément réel sur une terre de fantômes.

Il l'avait certainement déjà vue. Mais il profita des cours, au palais, pour l'observer avec attention. Il remarqua ses jupes maculées de boue, les rubans à moitié dénoués dans ses cheveux. Il vit sa sœur jumelle, son double, comme si elle était un enfant changelin sans rien d'humain. Elles se parlaient à voix basse en mangeant, souriaient à des plaisanteries qu'elles seules comprenaient. Elles répondaient aux questions des professeurs comme si elles avaient le droit d'accéder au savoir, le droit d'être assises parmi leurs supérieurs. De donner de meilleures réponses qu'eux, parfois. Et, grâce aux leçons particulières du grand général, la fille était bonne au combat à l'épée, comme si elle n'était pas qu'une bâtarde née d'une épouse infidèle.

Elle savait si bien tenir tête à Cardan qu'on était souvent tenté de croire que s'il avait le dessus, c'est parce qu'elle le laissait gagner.

Ainsi germèrent et s'épanouirent les graines de la rancœur chez le prince. Pourquoi cette fille se donnait-elle tout ce mal ? Pourquoi ces efforts alors qu'il n'y avait rien à gagner ?

– Les mortels..., disait Nicasia avec un petit sourire.

Cardan ne s'était jamais donné autant de mal pour quoi que ce soit, dans sa vie.

Jude..., pensa-t-il. Il détestait jusqu'à son nom. *Jude.*

VI

Où le prince de Domelfe se mouille

Suis-moi dans les Fonds marins», souffla Nicasia, lovée dans le cou de Cardan.

Ils étaient allongés sur un lit de mousse tendre, en lisière de la forêt Courbée. Il entendait les vagues déferler sur le rivage. Elle portait sa robe d'argent, ses cheveux étalés sous elle comme une flaque laissée par la marée.

Avec l'empressement de la jeunesse, leur relation avait évolué malgré eux, glissant de l'amitié aux baisers. Elle lui raconta à mi-voix son enfance sous les flots et la tentative d'assassinat déjouée qui avait failli lui coûter la vie. Elle lui récita des poèmes dans la langue des selkies. À son tour, il lui parla de son frère, de sa mère, et de la prophétie qui planait au-dessus de lui, prédisant qu'il provoquerait

l'anéantissement de la couronne et la destruction du trône. La prophétie qui avait dressé son père contre lui.

Il ne put s'imaginer être séparé de Nicasia.

– Les Fonds marins ? répéta-t-il en se tournant vers elle.

– Quand ma mère viendra me chercher, viens avec nous. Viens vivre avec moi dans les profondeurs, pour l'éternité. Nous chevaucherons des requins, et nous serons craints de tous.

– D'accord. Avec plaisir, accepta-t-il aussitôt, enthousiaste à la perspective d'abandonner Domelfe.

Ravie, Nicasia se mit à rire puis pressa ses lèvres contre celles de Cardan.

Il lui rendit son baiser, empli de fierté à l'idée d'être le prince consort de la reine des Fonds marins, pendant que ses frères et sœurs se disputeraient la Couronne de Sang. Il se délecterait de leur jalousie.

Même la prophétie qui naguère semblait le condamner prenait un nouveau sens. Peut-être qu'un jour il anéantirait Domelfe pour de bon, qu'il incarnerait un méchant au-dessus des flots et un héros en dessous. Finalement, la haine farouche qu'il abritait dans son cœur aurait peut-être une utilité.

Nicasia serait son destin, et le royaume de la princesse deviendrait le sien.

Alors qu'il s'apprêtait à l'embrasser sur l'épaule, elle le repoussa avec un sourire.

– Allons nager dans les profondeurs, proposa-t-elle en se redressant d'un bond. Laisse-moi te montrer ce qui t'attend.

– Maintenant ? s'étonna-t-il.

Déjà debout, elle se contorsionna pour ôter sa robe. Une fois nue, elle s'élança en direction des vagues, faisant signe à Cardan de la suivre.

Il rit à son tour, retira ses bottes et lui emboîta le pas. Il aimait nager et, par temps chaud, se prélasser dans un étang près du palais ou barboter dans le lac des Masques. Parfois, il se laissait flotter sur le dos pour contempler le ciel et la course des nuages. Dans la mer, il se jetait contre les vagues, les mettant au défi de l'entraîner lorsqu'elles se retiraient. Si tout cela lui plaisait, il ne pouvait qu'aimer ce qui l'attendait.

Il se dévêtit sur la plage, l'eau glacée léchant ses orteils qui s'enfonçaient dans le sable. Il s'avança dans les rouleaux. Sans qu'il s'en rende compte, la queue au bas de son dos fouettait l'air.

Nicasia plaqua un doigt sur les lèvres de Cardan avant de prononcer quelques mots

dans la langue des Fonds marins – une langue qui rappelait le chant des baleines et le cri des mouettes. Aussitôt, il sentit un pincement dans ses poumons. Le blocage de sa respiration. La magie qui opérait.

Orlagh avait de nombreux ennemis dans les Fonds marins. Elle avait envoyé sa fille sur la terre pour renforcer son alliance avec Domelfe, mais aussi pour garantir sa sécurité. Cardan se demanda s'il devait le lui rappeler tandis qu'elle le menait vers les profondeurs. Toutefois, si elle était résolue à se montrer intrépide, il le serait avec elle.

L'eau se referma au-dessus de sa tête. Ses boucles noires flottaient autour de lui. La lumière du soleil diminua. À mesure que Nicasia s'enfonçait, sa chevelure se muait en un voile de fumée et son corps se réduisait à une pâle lueur. Quand Cardan ouvrit la bouche pour parler, l'eau s'engouffra dans sa gorge. Ses poumons encaissèrent le choc. Grâce à la magie, il pouvait respirer. Toutefois, un poids pesait sur sa poitrine.

L'enchantement le protégeait, ce qui n'empêchait pas le froid de l'oppresser et le sel de lui brûler les yeux. Ce même sel qui affaiblissait ses pouvoirs magiques. Tout autour, c'était le noir. L'expérience se révéla loin d'être aussi agréable que s'ébattre dans un étang. Cardan avait plutôt l'impression d'être enfermé dans une pièce exiguë.

Renonce et tu te retrouveras sans rien, se sermonna-t-il.

Des poissons argentés le dépassèrent, leurs écailles aussi chatoyantes que des lames de couteau.

Nicasia continua à descendre et lui servit de guide jusqu'à ce qu'il distingue au loin les lumières d'un édifice de corail et de coquillages polis : le palais des Fonds marins. Une silhouette évoquant celle d'un merrow traversa un banc de maquereaux.

Cardan voulut avertir Nicasia mais, lorsqu'il ouvrit la bouche, il réalisa que parler lui était impossible. Il lutta contre la panique qui le gagnait. Ses pensées se dispersèrent.

À quoi sa vie ressemblerait-elle réellement dans les Fonds marins, en tant que prince consort de Nicasia ? Et s'il avait aussi peu d'importance qu'à Domelfe, s'il était moins puissant encore et davantage méprisé ?

Le poids de la mer l'écrasait. Il ne distinguait plus le haut du bas. Sans cesse porté, il devait soit résister au courant, soit lui céder. Il ne lui serait plus possible de s'étendre sur un lit de mousse, de prononcer une parole blessante, de s'écrouler après avoir abusé du vin. Danser serait exclu.

Personne, pas même la fille mortelle, ne serait capable de laisser une empreinte de pas ici : celle-ci serait aussitôt effacée.

Soudain, Cardan remarqua une lueur, encore lointaine mais bien présente. Le soleil. Il saisit la main de Nicasia et s'orienta dans cette direction, battant des jambes pour remonter vers la surface, animé d'une envie d'air dont il n'avait pourtant nul besoin.

La princesse sortit des flots quelques secondes après lui. De l'eau coula des branchies qu'elle avait dans le cou.

– Est-ce que ça va ? demanda-t-elle.

Pris d'une quinte de toux, Cardan recrachait trop d'eau pour pouvoir répondre.

– Ça ira mieux la prochaine fois, le rassura-t-elle en scrutant son visage comme si elle cherchait quelque chose – quelque chose qu'à l'évidence elle ne trouvait pas.

Son expression s'assombrit.

– Tu as quand même trouvé ça beau, non ? s'inquiéta-t-elle.

– Ça ne ressemble à rien de ce que j'avais imaginé, admit-il entre deux bouffées d'air.

Nicasia soupira, de nouveau satisfaite. Ils rejoignirent le rivage avant de récupérer leurs vêtements sur la plage.

Sur le chemin du retour, Cardan tenta de se persuader qu'il pourrait s'habituer aux Fonds marins, y devenir quelqu'un et y trouver du plaisir, qu'il apprendrait à y survivre. Et si, tandis qu'il nageait dans les ténèbres glacées, ses pensées se tournaient vers l'arrondi d'une oreille, le poids d'un pas, un coup paré avant d'atteindre sa cible, peu importait. Cela ne voulait rien dire, et il aurait mieux fait de l'oublier.

VII

Où le prince de Domelfe entend deux histoires

Puisque Cardan n'était plus en disgrâce au palais, Eldred attendait de lui qu'il participe aux dîners d'État. Cette fois, il fut placé en bout de table et forcé à supporter le regard accusateur du sénéchal, Val Moren. Ce dernier le croyait toujours coupable du meurtre de l'homme qu'il avait aimé. Maintenant que Cardan s'était engagé dans la voie de la méchanceté, il tirait de cette méprise un plaisir pervers. Tout ce qu'il pouvait faire pour énerver sa famille, le moindre commentaire acerbe, le moindre sourire nonchalant lui donnaient l'impression de posséder un peu plus de pouvoir.

Jouer les méchants était le seul domaine dans lequel il avait jamais excellé.

Le dîner fut suivi des beaux discours habituels. Souhaitant remplir sa coupe de vin, le prince s'éloigna vers l'un des petits salons. En présence des invités, Eldred n'avait guère la possibilité de le réprimander, et à moins que Cardan devienne incontrôlable, son attitude ne ferait que divertir Balekin.

Il constata, surpris, que sa sœur Rhyia était dans la pièce, un livre posé sur les genoux, entourée de bougies à la flamme vacillante. Elle leva les yeux vers lui avant de bâiller.

– As-tu déjà lu des livres écrits par les humains ? l'interrogea-t-elle.

De ses sœurs, Rhyia était sa préférée. On la voyait rarement à la cour : elle préférait les paysages sauvages de l'île. Pour autant, elle n'avait jamais porté une attention particulière à son jeune frère. Maintenant qu'elle lui en témoignait, il ignorait quelle attitude adopter.

– Les humains sont répugnants, affirma-t-il avec raideur.

Rhyia parut amusée.

– Ah oui ?

Il n'avait aucune raison de penser à Jude à cet instant : elle était parfaitement insignifiante.

Rhyia agita le livre dans sa direction.

– Tu vois qui est Vivienne ? C'est elle qui me l'a

donné. Ça raconte une histoire absurde mais distrayante.

Vivienne, la fille légitime de Madoc, était la sœur aînée de Jude et Taryn. La mention de son nom le mit mal à l'aise, comme si Rhyia pouvait lire dans ses pensées.

– De quoi cela parle-t-il? parvint-il à demander.

Elle posa l'ouvrage entre ses mains.

Il observa la couverture rouge ornée de lettres dorées. *Les Aventures d'Alice au pays des merveilles & De l'Autre Côté du miroir*, lut-il, perplexe. Il s'étonna qu'un livre mortel puisse ressembler à cela. Il s'attendait à quelque chose d'ennuyeux: des odes aux voitures ou aux gratte-ciel. Puis il se souvint qu'on faisait souvent venir les humains à Terrafæ pour leurs qualités artistiques. Ouvrant le livre, il lut la première phrase sur laquelle ses yeux se posèrent.

« *“J’avais toujours cru que c’étaient des monstres fabuleux !” s’exclama la Licorne.* »

Cardan dut revenir en arrière pour savoir qui étaient ces monstres dont parlait la Licorne. C’étaient les enfants, et plus précisément une fillette humaine tombée dans un endroit appelé le Pays merveilleux.

– Est-ce vraiment un livre de mortels ? s’étonna-t-il.

Il continua à le feuilleter, l’air concentré.

« “Bah, bah, mon enfant ! dit la Duchesse. Il y a une morale à tout, si seulement on pouvait la trouver.”»

Rhyia se pencha vers lui et repoussa une mèche de cheveux noirs derrière son oreille.

– Prends-le.

– Tu me le donnes ? À moi ? insista-t-il, craignant une méprise.

Il se demanda ce qu’il avait fait qui vaille la peine d’être récompensé par un présent.

– Je me dis qu’un peu d’absurdité te ferait du bien, répondit-elle – ce qui l’inquiéta légèrement.

Il emporta l’ouvrage chez lui. Le lendemain, il s’assit près de l’eau, ouvrit le livre et commença sa lecture. Il s’écoula un certain temps. Il ne remarqua pas la présence derrière lui.

– On boude au bord de la mer, petit prince ?

Cardan leva les yeux. À la vue de la troll, il sursauta.

– Tu te souviens d'Aslog, n'est-ce pas ? l'interrogea la créature d'une voix acide, dans laquelle perçait un ton accusateur.

Il se rappelait sa rencontre avec elle comme une sorte de cauchemar de son enfance et croyait presque l'avoir imaginée.

Enveloppée dans une longue cape à capuche dont la pointe était légèrement recourbée, la troll portait un panier recouvert d'un tissu.

– Je ne boudais pas, je lisais, se justifia Cardan en ayant la désagréable impression d'être un gamin pris en faute.

Il se leva et cala le livre sous son bras, gardant à l'esprit qu'il n'était plus un enfant.

– Mais ça ne me dérange pas de m'interrompre. Puis-je porter ton panier ?

– Quelqu'un a appris à masquer ses émotions, fit remarquer la troll en lui tendant l'objet.

– Nombreux sont ceux qui m'ont un jour fait la morale, rétorqua-t-il avec un sourire qu'il espérait carnassier. Tu en fais partie, si je ne m'abuse.

– Effectivement, je t'ai déjà raconté une histoire. Pourtant, je ne me souviens pas qu'elle se terminait ainsi. Accompagne-moi au marché.

– Comme tu voudras.

Le panier pesait étonnamment lourd.

– Qu'as-tu mis, là-dedans ? voulut savoir le prince.

– Des os. Je sais les moudre aussi facilement que je mouds le grain. Il ne faudrait pas que ton père l'oublie.

– Et à qui sont-ils ? demanda-t-il d'un ton prudent.

– Tu aimerais le savoir, hein ?

Elle se mit à rire avant d'ajouter :

– Tu étais très jeune quand je t'ai raconté cette histoire. Peut-être aimerais-tu l'entendre à nouveau, et d'une nouvelle oreille.

– Pourquoi pas ? concéda Cardan sans être certain d'en avoir envie.

Curieusement, en présence d'Aslog, il ne parvenait pas à adopter la sinistre attitude qu'il avait cultivée. Il se disait sans doute qu'elle verrait tout de suite clair dans son jeu.

– Il était une fois un garçon qui avait un cœur maléfique, commença-t-elle.

– Non, tu te trompes. Ce n'est pas ça. Il avait une langue acérée.

– Les garçons changent. C'est pareil pour les histoires.

Cardan était prince, se rappela-t-il. En tant que tel, il savait désormais comment exercer son pouvoir. Il pouvait punir Aslog. Même s'il n'était pas aimé de son père, celui-ci n'avait guère le moyen de l'empêcher de se montrer affreux envers une simple troll – surtout si elle était venue menacer la couronne.

Il était une fois un garçon qui avait un cœur maléfique.

– Soit, admit Cardan. Continue.

Ce qu'elle fit, avec un sourire qui dévoila ses crocs.

– Il mettait des pierres dans le panier de la boulangère, racontait que les saucisses du boucher étaient préparées avec de la viande avariée et méprisait ses frères et sœurs. Lorsque les jeunes filles du village crurent pouvoir le changer grâce à l'amour, elles ne tardèrent pas à déchanter.

– Un personnage ignoble, commenta Cardan en haussant un sourcil. Clairement le méchant de l'histoire.

– Possible, répliqua Aslog. Hélas pour lui, l'une des demoiselles du village était la fille d'une sorcière. Cette dernière jeta un sort au garçon et lui donna un cœur de pierre, puisqu'il se comportait comme s'il en avait déjà un. Elle posa un doigt sur son torse, dans lequel se propagea une sensation de lourdeur.

» “Tu n'éprouveras plus aucune émotion, déclara-t-elle. Ni amour, ni peur, ni joie.” Au lieu d'être atterré, le garçon se moqua d'elle.

» “Tant mieux, fanfaronna-t-il. Maintenant, plus rien ne me retient.” Sur ces mots, il partit de chez lui pour faire fortune. Il pensait qu'avec un cœur de pierre il pourrait être plus méchant que jamais.

Cardan coula un regard en biais à Aslog.

Elle lui fit un clin d'œil avant de s'éclaircir la voix.

– Après avoir voyagé un jour et une nuit, il arriva à une taverne. Il attendit qu'un ivrogne titubant en sorte, puis il le détroussa. Avec l'argent, il se paya un repas et une chambre pour la nuit. En offrant une tournée générale, il s'attira la sympathie des villageois qui s'empressèrent de lui faire part des nouvelles intéressantes de la région.

» On racontait qu'un homme riche cherchait à marier sa fille. Pour être l'heureux élu, il fallait réussir à passer trois nuits en compagnie de la jeune fille sans montrer le moindre signe de peur. Les clients de la taverne spéculèrent longuement et de manière obscène sur ce que cela voulait dire, mais le garçon songea avant tout que rien ne l'effrayait et qu'il avait besoin d'argent. Il vola une monture et chevaucha jusqu'à la demeure de l'homme riche, où il se présenta.

– La dernière fois, intervint Cardan, je t'ai dit que la morale de l'histoire était évidente, mais ne crois-tu pas que là, ça l'est encore plus ? Le garçon étant infâme, sa punition sera de finir dévoré.

– Tu crois ? demanda Aslog. Écoute encore un peu.

Le marché en vue, Cardan projeta d'y acheter une outre de vin dont il viderait le contenu d'une traite.

– J'imagine que je n'ai pas le choix.

Elle rit.

– Voilà le petit prince dont je me souviens ! L'homme riche expliqua que sa fille avait été victime d'un sort, et que si le garçon survivait trois nuits en sa compagnie, la malédiction serait levée. "Alors, tu pourras l'épouser, et tout ce que je possède t'appartiendra", promit-il. Contemplant la vaste propriété autour de lui, le garçon pensa qu'il saurait s'en contenter.

» Le soir tombait et le garçon n'éprouvait aucune crainte. Ne rien ressentir le troublait. Il aurait dû être pour le moins inquiet. On lui avait servi un copieux repas à la table de l'homme riche, composé des mets et boissons les plus délicats qu'il eût jamais goûtés, mais il n'en avait tiré aucun plaisir. Pour la première fois, la malédiction de la sorcière lui pesa. Quoi qu'il fasse à l'avenir, jamais il ne trouverait le bonheur. Et finalement, peut-être n'était-ce pas une bonne chose de n'avoir jamais peur.

» Il décida tout de même d'aller jusqu'au bout. On le conduisit dans une chambre où se trouvait un lit à baldaquin. Sur le mur, on distinguait des marques inquiétantes, comme des griffures. Le garçon s'assit sur un banc et patienta, regardant par la fenêtre la lune se lever. Enfin, la fille entra. C'était un monstre couvert de poils, à la gueule bordée de trois rangées de crocs tranchants comme des rasoirs. S'il n'avait pas eu son cœur de pierre, le garçon se serait enfui en hurlant. La créature fit grincer ses crocs, attendant de lui qu'il montre sa peur. Au lieu de quoi, il grimpa dans le lit et lui fit signe de le rejoindre afin qu'ils puissent s'accoupler.

– C'est assurément une autre version que celle que tu m'as racontée quand j'avais neuf ans, s'amusa le prince Cardan, arquant un sourcil.

– Quelle meilleure preuve qu'il n'éprouvait aucune peur ? demanda la troll avec un sourire tout en crocs.

– Ah, mais sans terreur, c'était sûrement loin d'avoir la même saveur.

– À mon avis, cette remarque en dit plus sûr toi, petit prince, que sur le garçon, analysa Aslog avant de reprendre son récit. Le lendemain matin, la famille de l'homme riche manifesta bruyamment sa joie de découvrir le garçon indemne, endormi dans le lit. On lui apporta un petit déjeuner ainsi que des vêtements propres, plus

beaux que ceux qu'il avait jamais portés. Mais il ne ressentit aucun plaisir à les mettre. On aurait aussi bien pu lui présenter des hardes. Il passa sa journée à errer dans la propriété, à la recherche du monstre, mais il ne le trouva pas.

» La deuxième nuit ressembla beaucoup à la première. La créature rugit sous son nez, mais une fois de plus le garçon resta impassible. Et lorsqu'il alla se coucher, elle le suivit.

» La troisième nuit, la maisonnée ne tenait plus en place. On vêtit le garçon d'une tenue de mariage, les noces étant prévues le lendemain à l'aube.

Cardan et la troll étaient arrivés devant les premiers étals. Le prince rendit son panier à la conteuse, content d'en être débarrassé.

– Bon, je vais te laisser, dit-il. On sait tous les deux ce qui arrive la troisième nuit. La malédiction du garçon est levée, et il meurt.

– Eh non, objecta la troll. L'homme riche fait du garçon son héritier.

Cardan fronça les sourcils.

– Non, ce n'est pas ça…

– La troisième nuit, le coupa la troll, le garçon se rendit dans la chambre, pensant que tout se déroulerait comme les fois précédentes. Lorsque la créature apparut, il lui fit signe de le rejoindre au lit. Mais un instant plus tard, un autre monstre fit son entrée, encore plus imposant et plus fort que le premier.

» Vois-tu, l'homme riche s'était gardé de révéler toute la vérité sur la malédiction. Sa fille avait éconduit le fils d'une sorcière. Celle-ci l'avait maudite : la jeune fille devrait épouser de force la première personne – qu'elle soit pauvre ou laide – qui passerait trois nuits avec elle sans montrer sa peur. Mais ce que la sorcière ignorait, c'est que la jeune fille avait rejeté son fils parce qu'elle avait peur pour lui ! Vois-tu, elle l'aimait, mais l'homme riche avait menacé de tuer le garçon si sa fille l'épousait.

» Le fils de la sorcière avait peu de connaissances en magie, mais il en savait beaucoup sur le cœur de la fille de l'homme riche. Aussi, quand il avait appris que le sortilège allait bientôt être rompu, il n'avait pas perdu une

minute. Même s'il lui était impossible de lever la malédiction, il savait comment se jeter un sort à lui-même.

» Alors, après s'être transformé en un monstre semblable à sa bien-aimée, il se précipita sur le garçon.

» Celui-ci fut projeté contre le mur. Il sentit quelque chose se briser dans sa poitrine. La malédiction était levée. Il regretta quelques-unes de ses mauvaises actions et fut soudain empli d'un étrange et tendre amour pour sa fiancée maudite.

» " Recule ! " ordonna-t-il à l'autre monstre, les joues mouillées de larmes, avant d'empoigner un tisonnier près de l'âtre.

» Mais avant qu'il ait le temps de frapper, les deux monstres sortirent par la fenêtre et s'envolèrent dans la nuit. Le garçon les regarda s'éloigner, le cœur plus lourd qu'avant, bien qu'il ne soit plus en pierre. Le lendemain matin, il alla voir l'homme riche pour lui raconter ce qui s'était passé. Puisque sa fille unique avait disparu, il désigna le garçon comme l'héritier de toutes ses terres.

– Alors qu'il était méchant ? s'étonna Cardan. Ou parce que lui et l'homme riche l'étaient tous les deux ? Ne me demande pas quelle est la morale, car je ne la connais pas, et je ne puis imaginer qu'il y en ait une.

– Ah non ? s'enquit Aslog. Elle est pourtant simple : même un cœur de pierre peut se briser.

VIII

Où le prince de Domelfe en vient à détester les histoires

Si le conte d'Aslog était de mauvais augure, le prince Cardan s'efforça de l'oublier en s'adonnant à ses excès avec enthousiasme et en refusant tout net de songer à l'avenir.

Cela fonctionna à merveille jusqu'à ce qu'il se réveille sur un tapis, dans le salon du Manoir Creux. Le soleil de la fin d'après-midi entrait à flots par la fenêtre. Habillé de pied en cap, le prince dégageait une puissante odeur de vin. Comme la tête lui tournait, il se dit qu'il était peut-être encore soûl.

Il n'était pas le seul à s'être endormi à même le sol. Près de lui somnolait une courtisane à la peau couleur lilas, vêtue d'une robe de bal aux bordures déchirées, dont les ailes tressaillaient. À côté d'elle, trois pixies étaient étendus,

de la poussière d'or dans les cheveux. Un troll se prélassait sur le canapé. Il avait autour de la bouche des taches ressemblant à du sang séché.

Le prince Cardan essaya de se remémorer la fête, mais il se souvenait surtout de Balekin versant le contenu d'une coupe entre ses lèvres.

La nuit lui revint peu à peu, par bribes. Balekin l'avait encouragé à venir avec ses amis à sa dernière fête. En général, ils passaient leurs soirées déchaînés, à boire du vin au clair de lune et à inventer des projets qui les divertiraient autant qu'ils horrifieraient la population.

Balekin les avait appelés « tes petits protégés ».

En recevant l'invitation, Cardan s'était montré circonspect : la générosité de son frère aîné ne se manifestait que lorsqu'il était lui-même le principal bénéficiaire de ses largesses. Mais Valerian et Locke s'étaient enthousiasmés à l'idée de se confronter à la débauche légendaire des Passereaux, et Nicasia avait hâte de se moquer de tout le monde. Par conséquent, les dissuader de venir avait été impossible.

Nicasia s'était présentée dans une robe de soie noire surmontée de paniers en coquillages et arêtes de poisson. Quant à sa chevelure turquoise foncé, elle était retenue par une couronne de corail. Il suffit à Cardan de leur jeter un coup d'œil, à Balekin et elle, pour se rappeler la façon dont son frère avait naguère prévu de faire croître son influence en gagnant les faveurs de la princesse.

Que Balekin ait toujours cet objectif en tête aurait pu l'inquiéter, mais Nicasia l'avait maintes fois rassuré en affirmant qu'elle s'estimait supérieure à tout Domelfe – tout Domelfe, excepté Cardan.

Valerian était arrivé peu de temps après, suivi de Locke. Ils s'étaient repus des divertissements proposés par Balekin avec l'avidité de tiques se gorgeant de sang. Le vin avait coulé à flots. Les courtisans avaient partagé potins, flirts et promesses pour la soirée à venir. On avait brièvement déclamé des poèmes érotiques. On avait déposé des poudres sur la langue de Cardan, qu'il avait transmises à Nicasia en l'embrassant.

Au lever du jour, le prince avait éprouvé une sorte de ravissement envers le monde et ceux qui le peuplaient. Il était allé jusqu'à ressentir de la bienveillance envers Balekin ; de la reconnaissance pour avoir été recueilli et façonné à l'image de son frère, malgré la rudesse de ses méthodes. Il était allé se verser une nouvelle coupe de vin pour porter un toast.

À l'autre extrémité de la pièce, il avait remarqué Locke et Nicasia assis sur l'un des canapés bas en velours, si proches que leurs cuisses se touchaient, lui tourné vers elle pour chuchoter à son oreille. Réalisant que Cardan les observait, elle avait fugacement affiché un air coupable.

À mesure que les festivités s'étaient poursuivies, le prince n'avait eu aucun mal à oublier ce détail. La fête est, par nature, propice aux dérapages. Repousser les limites fait partie de ce qu'elle a de plus généreux à offrir. Et puis, les autres distractions ne manquaient pas.

Une femme-arbre était montée sur une table pour danser. Ses yeux, deux nœuds de bois percés dans son visage, étaient clos, tandis qu'elle effleurait les lustres de ses branches et agitait dans les airs ses doigts recouverts d'écorce. Elle buvait au goulot d'une bouteille.

– Dommage que Balekin n'ait pas invité les filles Duarte, avait regretté Valerian avec un petit sourire, tandis qu'il contemplait une humaine envoûtée qui posait sur la table un plateau de raisins et de grenades ouvertes. J'adorerais avoir l'occasion de leur montrer quelle est leur vraie place à Domelfe.

– Oh, non, moi je les aime bien, était intervenu Locke. Surtout l'une. À moins que ce soit l'autre ?

– Le grand général exposerait ta tête sur un mur, l'avait averti Nicasia en lui tapotant la joue.

– Une tête superbe, avait-il renchéri en la gratifiant d'un sourire mauvais. Parfaite pour être exposée.

Nicasia avait observé Cardan puis s'était tue, prenant soin de garder un visage impassible. Ce détail avait retenu son attention, alors qu'il n'en avait pas prêté à leurs échanges.

Il avait bu le contenu de sa coupe jusqu'à la dernière goutte, faisant peu de cas de l'aigreur qui lui brûlait l'estomac.

Il se rappela que la femme-arbre avait fini par passer à travers la table. De la sève avait coulé de sa bouche ouverte. Valerian l'avait contemplée avec une expression à la fois étrange et cruelle.

Un lutin avait joué d'un luth dont les cordes avaient été remplacées par les cheveux d'une convive.

Un essaim de sprites s'était rassemblé autour d'un pichet d'hydromel renversé.

Cardan s'était retrouvé dans les jardins, les yeux levés vers les étoiles.

Puis il s'était réveillé sur ce tapis. Après avoir balayé la pièce du regard, et ne reconnaissant personne, il monta l'escalier d'un pas chancelant pour regagner sa chambre.

Là, il trouva Locke et Nicasia lovés l'un contre l'autre sur sa carpette, devant le feu mourant. Ils s'étaient enroulés dans son couvre-lit brodé. La robe de soie noire, jetée en tas au sol, formait une flaque chatoyante. Les paniers qu'elle portait par-dessus étaient à demi glissés sous le lit. Le manteau blanc de Locke gisait lui aussi sur le plancher.

La tête de Nicasia reposait sur le torse nu de Locke, dont les cheveux de renard roux étaient plaqués sur sa joue par la sueur.

Devant ce spectacle, Cardan se sentit rougir. Un bourdonnement lui emplit le crâne, bloquant toute pensée. Il regarda leurs corps emmêlés ; les braises dans l'âtre ; ses devoirs à moitié faits, toujours sur son bureau, à rendre aux professeurs du palais, les feuilles maculées de taches d'encre.

Il aurait dû être le garçon au cœur de pierre du conte d'Aslog mais, curieusement, il avait laissé son cœur se changer en verre. Il en sentait les morceaux logés dans ses poumons, rendant douloureuse chacune de ses respirations.

Il avait confiance en Nicasia, et il avait cru qu'elle ne ferait rien qui puisse le blesser, ce qui était ridicule : il savait très bien que tout le monde faisait du mal à tout le monde, et que les êtres qui nous sont chers sont ceux qui nous blessent le plus. Puisqu'elle et lui prenaient plaisir à faire souffrir les autres à la moindre occasion, pourquoi s'était-il senti à l'abri ?

Il ne lui restait plus qu'à réveiller les amants, leur adresser un sourire méprisant et prétendre que tout cela n'avait aucune importance. Étant donné que son seul talent véritable jusqu'à ce jour était de se montrer odieux, il avait de bonnes chances de réussir à gérer la situation.

De son pied botté, il poussa légèrement Locke. Ce n'était pas tout à fait un coup de pied, mais on n'en était pas loin.

– Debout, c'est l'heure.

Locke battit des cils. Il poussa un grognement avant de s'étirer. Cardan vit briller dans ses yeux un éclair de lucidité et quelque chose qui ressemblait à de la peur.

– Ton frère sait organiser les fêtes, déclara Locke en bâillant avec une nonchalance exagérée. On t'avait perdu de vue. Je pensais que tu étais parti avec Valerian et la femme-arbre.

– Et qu'est-ce qui t'a fait croire ça ? l'interrogea Cardan.

– Visiblement, c'était à qui irait le plus loin.

Locke accompagna ses propos d'un grand geste, un sourire plaqué sur les lèvres. L'un de ses meilleurs talents était sa capacité à transformer leurs exploits les plus vils en matière à ballades, qu'on récitait à l'envi, si bien que Cardan en venait presque à croire cette version des événements mille fois meilleure ou mille fois pire. Comme les autres créatures du Peuple, Locke était incapable de mentir, mais inventer des histoires était ce qui s'en rapprochait le plus.

Peut-être espérait-il en inventer une sur ce moment. Un récit dont ils riraient. Cardan devait-il le laisser faire ?

Puis Nicasia ouvrit les yeux. Apercevant Cardan, elle retint son souffle.

Dis-moi que ça ne compte pas, que tu t'amusais juste, songea-t-il. *Dis-moi que rien ne changera entre nous. Dis-le-moi et je ferai semblant, comme toi.*

Hélas, elle resta silencieuse.

– J'aimerais être seul dans ma chambre, déclara Cardan, les yeux plissés, en adoptant son air supérieur le plus abouti. Peut-être serait-il souhaitable que vous fassiez ailleurs ce que vous étiez en train de faire.

Une partie de lui crut que Nicasia rirait, puisqu'elle l'avait connu avant qu'il perfectionne son sourire méprisant. Mais elle courba l'échine sous son regard.

Locke se leva puis remit son pantalon.

– Oh, ne le prends pas comme ça ! On est tous amis.

L'attitude placide que Cardan avait peaufinée s'évapora aussitôt. Il redevint l'enfant sauvage qui arpentait le palais et volait la nourriture sur les tables, négligé et rejeté. Il se rua sur Locke pour le plaquer au sol. Tous deux se retrouvèrent à terre. D'un coup de poing, Cardan frappa Locke à la pommette.

– Cesse de me dire qui je suis, gronda-t-il en montrant les dents. J'en ai assez de tes histoires !

Locke tenta de le repousser, mais Cardan avait l'avantage. Il en profita pour refermer ses doigts sur la gorge de son rival.

Peut-être était-il toujours ivre, en vérité. Il se sentit pris de vertige.

– Tu vas lui faire mal pour de bon ! s'inquiéta Nicasia.

Elle frappa Cardan à l'épaule, en vain, puis elle essaya de le tirer en arrière pour dégager son amant.

Ce dernier émit un son inintelligible. Cardan comprit qu'il appuyait si fort sur la trachée de Locke que celui-ci ne pouvait plus parler.

Il relâcha sa prise.

Locke s'étrangla, à demi asphyxié.

– Tu n'as qu'à inventer une histoire inspirée de cet incident ! rugit Cardan, l'adrénaline crépitant encore dans ses veines.

– Très bien, articula enfin Locke d'une voix étrange. Très bien, espèce de fou prétentieux, héritier de seconde zone ! Mais si Nicasia et toi étiez ensemble, c'était purement par habitude. Sinon, je n'aurais pas eu autant de facilité à la séduire.

Cardan lui décocha un autre coup de poing. Cette fois, Locke l'esquiva avant de frapper le prince sur le côté de la tête. Ils roulèrent à terre et échangèrent des coups, jusqu'à ce que Locke recule précipitamment et se relève. Il courut vers la porte, Cardan lancé à sa poursuite.

– Vous êtes aussi idiots l'un que l'autre ! leur cria Nicasia.

Les garçons dévalèrent l'escalier, manquant de peu de percuter Valerian, qui dégageait une forte odeur de fumée et dont la chemise était légèrement roussie.

– Bonjour, les salua-t-il.

À l'évidence, il n'avait pas remarqué les hématomes qui s'épanouissaient sur le visage de Locke, ni réalisé que son apparition les avait interrompus.

– Cardan, reprit-il, j'espère que ton frère ne m'en voudra pas : je crains d'avoir mis le feu à l'une des convives.

Le prince n'eut pas le temps de réagir ni même d'aller voir si quelqu'un était mort, car Nicasia l'attrapa par le bras.

– Viens avec moi, dit-elle en l'entraînant dans un petit salon où un faune paressait sur un divan.

En les voyant, le faune se redressa.

– Dehors, ordonna Nicasia, un doigt pointé sur la porte.

Le faune ne se le fit pas dire deux fois, ses sabots claquant sur le sol de pierre.

La princesse de la mer se tourna alors vers Cardan, qui croisa les bras comme dans un geste de protection.

– J'avoue être assez satisfaite que tu t'en sois pris à lui, commença-t-elle. Je suis même contente que tu nous aies surpris. J'aurais dû t'en parler dès le début. C'est par lâcheté que je ne l'ai pas fait.

– Et moi, crois-tu que je sois satisfait ? Eh bien, sache que non.

Entre les bourdonnements de son oreille gauche, où Locke l'avait frappé, les brûlures de ses articulations dues aux coups qu'il avait lui-même assenés, et Nicasia qui se tenait devant lui, Cardan eut du mal à retrouver son sang-froid.

– Pardonne-moi, souffla-t-elle.

Elle leva les yeux, un léger sourire aux lèvres.

– Je tiens à toi, tu sais, confia-t-elle. Je tiendrai toujours à toi.

Il aurait voulu lui demander si Locke avait raison ; si leur amitié les avait privés du frisson de la relation amoureuse.

Mais en l'observant, il eut la réponse. Il savait qu'il n'existait qu'une manière pour lui de conserver sa dignité.

– Tu t'es liée à lui, dit-il. Il n'y a rien à pardonner. Toutefois, si tu le regrettes, ne crois pas que tu pourras me rappeler à tes côtés comme si j'étais un jouet que tu aurais retrouvé après l'avoir égaré.

Nicasia le regarda, perplexe.

– Je ne...

– Dans ce cas, c'est réglé.

Sur ces mots, il se retourna et quitta les lieux.

Valerian et Locke n'étaient plus là.

Cardan estima que la seule chose à faire était de continuer à s'enivrer avant d'avoir dessoûlé. La bagarre et les cris avaient fini par sortir plusieurs invités de leur torpeur. La plupart se réjouirent de se joindre à Cardan pour de nouveaux moments de plaisir.

Il lécha de la poussière d'or saupoudrée au creux de quelques cous et but une liqueur forte au parfum d'herbe versée dans le nombril d'un puck. Lorsqu'il se rendit compte qu'il avait manqué les cours, il était ivre depuis trois jours. Il avait consommé suffisamment de poudre et de potions pour rester éveillé tout ce temps.

S'il sentait le vin et avait le tournis avant, désormais il empestait littéralement et ne pouvait mettre un pied devant l'autre sans vaciller.

Il lui parut toutefois indispensable d'aller rendre visite à ses professeurs et de montrer aux enfants de la noblesse que, quoi qu'ils aient entendu à son sujet, il se portait bien. En fait, il s'était rarement senti aussi bien de toute sa vie.

Il traversa la salle d'un pas chancelant et se dirigea vers la porte d'entrée.

– Mon prince ? Vous ne comptez pas sortir dans cet état ?

Le visage de la porte en bois affichait un désarroi sincère.

– Ma porte, répliqua Cardan, je t'assure que si.

Là-dessus, il dégringola les marches.

Arrivé aux écuries, il se mit à rire. Il dut se coucher dans le foin tant il riait. Des larmes roulèrent sur ses joues.

Il pensa à Nicasia et à Locke, aux batifolages amoureux, aux histoires, aux mensonges. Tout se mélangea. Il se vit se noyer dans une mer de vin rouge, dans laquelle un gigantesque papillon de nuit s'abreuvait en continu. Il imagina Nicasia avec une tête de poisson et non

une queue. Il visualisa ses mains sur la gorge de Dain, et Margaret qui, en gloussant, se profilait derrière lui avec une lanière de cuir, avant de prendre l'apparence d'Aslog.

Étourdi, il enfourcha un cheval. Il devait dire à Nicasia qu'elle n'était plus la bienvenue sur la terre ; que lui, fils du Grand Roi, la *désinvitait.* Ah oui : et il allait exiler Locke. Non, il allait trouver quelqu'un qui maudirait Locke pour qu'il vomisse des anguilles chaque fois qu'il parlerait.

Ensuite, il dirait aux professeurs et à tout le monde au palais à quel point il se sentait merveilleusement bien.

De sa chevauchée, il ne vit qu'un paysage flou de forêt et de sentiers. À un moment, il se retrouva suspendu sur le côté de la selle. Il faillit glisser dans un buisson de ronces avant de parvenir à se redresser. Avoir évité de peu la chute l'aida à retrouver brièvement ses esprits.

Il contempla l'horizon, où le ciel bleu et les flots noirs se touchaient, et songea qu'il venait de renoncer à passer une nouvelle vie sous la mer.

Tu as détesté cette expérience sous l'eau, se remémora-t-il.

Son avenir se déroulait devant lui, mais il ne voyait plus de chemin à emprunter pour y pénétrer.

Il cligna des yeux. Ou il les ferma plus longtemps qu'un battement de cils. Lorsqu'il les ouvrit, il se trouvait en lisière des terres du palais. Bientôt, des palefreniers s'avanceraient pour mener son cheval aux écuries, le laissant tituber sur la pelouse. Soudain, la distance lui parut trop longue. Non. Talonnant sa monture, il fonça vers l'endroit où les enfants de la noblesse attendaient sagement que le cours commence.

Alertés par le martèlement des sabots, quelques-uns se levèrent.

– Ha ! cria Cardan à ses camarades qui s'égaillaient.

Il poursuivit plusieurs d'entre eux puis fit tourner bride à son cheval pour revenir sur ses pas et pourchasser ceux qui se croyaient à l'abri. Il sentit de nouveau le rire monter dans sa poitrine.

Après quelques tours, il remarqua Nicasia et Locke qui s'étaient réfugiés sous un arbre. La princesse avait l'air horrifiée, mais Locke

ne cachait pas son ravissement face à cet événement inattendu.

Quelle que soit la flamme qui brûlait en Cardan, elle était plus ardente et brillante que jamais.

– Les cours sont suspendus pour l'après-midi, par caprice royal ! décréta-t-il.

– Votre Altesse ! protesta un professeur. Votre père…

– Est le Grand Roi, termina Cardan en tirant sur les rênes de son cheval avant de lui presser les flancs pour le faire avancer. Ce qui fait de moi le prince. Et de vous l'un de mes sujets.

– *Un* prince, entendit-il quelqu'un rectifier discrètement.

Il jeta un coup d'œil aux filles Duarte. Taryn serrait si fort la main de sa jumelle qu'elle lui enfonçait ses ongles dans la peau. Mais il était persuadé que la remarque ne venait pas d'elle.

Son regard se posa sur Jude.

Ses cheveux châtains aux boucles souples tombaient sur ses épaules. Elle portait un pourpoint de laine brun-roux sur une jupe qui ne recouvrait pas totalement ses bottes marron, plus pratiques que jolies. Une main était postée sur sa ceinture, comme si elle avait craint qu'il lui subtilise son arme. L'idée l'amusa beaucoup. Lui n'avait pas fixé d'épée à sa ceinture en prévision de sa venue.

Il n'était même pas sûr de pouvoir tenir debout assez longtemps pour se battre. Sans compter qu' il n'avait malmené Jude que lorsqu'il était sobre, et parce qu'elle l'avait laissé faire…

Jude leva les yeux vers lui. Dans son regard, il reconnut une haine si vaste et profonde qu'elle égalait celle qu'il nourrissait. Une haine dans laquelle on pouvait se noyer, comme on se noierait dans une barrique de vin.

Feignant le respect, Jude baissa la tête, mais il avait eu le temps de la voir.

Impossible, songea-t-il. Quelle raison avait-elle d'être en colère, elle qui avait tant reçu alors que Cardan avait été privé de tout ? Ou bien avait-il mal vu ? Peut-être qu'il désirait se voir lui-même sur un autre visage et que, par perversion, il avait choisi celui de Jude.

Poussant un cri, il chevaucha en direction des sœurs, juste pour les voir s'enfuir. Juste pour montrer à Jude que, si elle le détestait vraiment, sa haine avait aussi peu d'effets que la sienne.

Le retour au Manoir Creux lui parut bien plus long que l'aller. Sans trop savoir comment, Cardan réussit à se perdre et laissa son cheval errer dans les bois Lactés. Les branches

lacéraient ses vêtements ; les abeilles des prunelliers bourdonnaient furieusement autour de lui.

– Mon prince, le salua la porte quand il grimpa les marches en chancelant. Votre frère est au courant de votre escapade. Il vaudrait peut-être mieux que vous retardiez…

Cardan se contenta de rire. Il rit même lorsque Balekin lui ordonna d'entrer dans son bureau. Il s'attendait à y trouver une autre servante munie d'une autre lanière de cuir. Mais son frère était seul.

– Un aperçu du spectacle navrant que tu offres me suffit pour comprendre que tu as perdu les faveurs de Nicasia. Je me trompe ? demanda Balekin.

Doutant de sa capacité à rester debout, Cardan s'assit. Et comme le fauteuil n'était pas juste à côté de lui, il s'assit par terre.

– Ne t'engage pas dans les badinages en leur donnant plus d'importance qu'ils n'en méritent, poursuivit Balekin en contournant son bureau pour toiser son jeune frère, non sans une pointe de compassion. Ce n'est pas grave. Inutile d'en faire une tragédie.

– Je ne suis rien d'autre que tragédie, rétorqua Cardan.

– Ta relation avec la princesse Nicasia est ce qui te rapproche le plus du pouvoir. Père accepte de fermer les yeux sur tes excès dans le but de préserver la paix avec les Fonds marins. Sinon, crois-tu qu'il tolérerait un tel comportement de ta part ?

– Et je suppose que toi, tu as besoin de moi pour peser sur la reine Orlagh, quel que soit ton objectif? devina Cardan.

Balekin ne nia pas.

– Veille à ce que Nicasia revienne vers toi lorsqu'elle se sera lassée de son nouvel amant. Maintenant, va te coucher. Seul.

Tandis que Cardan montait l'escalier, le martèlement des sabots résonnant dans son crâne, il se rappela qu'il s'était juré de ne pas faire comme ces imbéciles qui rampaient devant une princesse des Fonds marins pour obtenir son affection. S'il n'était pas vigilant, c'était précisément ce à quoi il s'abaisserait.

IX

Où le prince de Domelfe est contrarié

Cardan avait posé ses pieds, toujours chaussés de ses bottes lustrées, sur un rocher. En guise d'oreiller, il avait calé sous sa tête sa lecture du moment : un livre mortel complètement ridicule. Depuis l'histoire de la fillette, du lapin et de la méchante reine, il s'était découvert un goût pour les romans humains. Au marché, une lutine les lui échangeait contre des roses dérobées dans les jardins royaux.

Non loin de lui, des sprites coiffés de glands de chêne manipulaient des glaives de la taille d'un cure-dent au-dessus d'une mer de lis tigrés. Levant brièvement les yeux, Cardan vit que Nicasia se tenait au-dessus de lui, un panier pendu à son bras.

– Je voudrais te parler, déclara-t-elle.

Elle s'installa à côté de lui. Sur une couverture, elle disposa des petits gâteaux garnis de poisson séché et emballés dans des algues, ainsi qu'une bouteille pleine d'une sorte de vin verdâtre. Cardan fit la grimace. Pourquoi se donnait-elle tout ce mal ? Ce n'était pas comme s'il avait cessé de se comporter civilement avec elle et Locke. La bande des quatre qu'ils formaient avec Valerian tourmentait les autres courtisans comme avant. Et si sa cruauté était teintée de désespoir, si sa langue ne prononçait plus qu'affronts et sarcasmes, quelle importance ? Il avait toujours été horrible. À présent, il était pire, voilà tout.

– Sers-toi, proposa Nicasia.

S'il n'allait pas régner à ses côtés sur les Fonds marins, rien ne l'obligeait à manger la nourriture qu'elle lui présentait.

– Pas avant que tu m'aies dit pourquoi tu es venue troubler mon repos.

– Je veux qu'on se remette ensemble. Inutile de modifier nos projets. Tout pourrait redevenir comme avant, entre nous.

Il bâilla. Il ne comptait pas lui donner satisfaction en lui montrant sa surprise. Il aurait aimé entendre ces mots lorsqu'il l'avait trouvée dans les bras de Locke. Désormais, c'était trop tard.

Finalement, Balekin avait sans doute vu juste : leur amourette était insignifiante. De même, il ne s'était pas trompé en affirmant que seule la présence de Nicasia à ses côtés conférerait à Cardan un semblant de pouvoir politique. S'il la perdait, il ne serait plus que lui, le plus jeune des enfants du roi, le prince méprisé.

Heureusement, la politique le laissait de marbre, comme les réprimandes d'Eldred.

– Je ne crois pas, non, réagit-il. Toutefois, je suis curieux de connaître les raisons de ce revirement.

Du coin de l'œil, il vit un sprite tomber dans une fleur et en ressortir couvert d'une épaisse couche de pollen couleur carotte. Son adversaire brandissait son glaive en signe de victoire.

Nicasia se tut un long moment. Elle prit un petit gâteau de poisson.

Cardan haussa les sourcils.

– Ah, tu ne t'es pas décidée à le quitter, je me trompe ?

– C'est plus compliqué que ça, nuança-t-elle. Et ça te concerne aussi.

– Tiens donc !

– Tu dois m'écouter. Locke a pris une des filles mortelles pour amante.

Elle avait du mal à empêcher sa voix de trembler.

Interloqué, Cardan resta silencieux, ne sachant plus quoi penser.

Une des filles mortelles.

– Tu ne peux pas attendre de moi que j'aie pitié de toi, finit-il par dire d'un ton contraint.

– Non, répliqua-t-elle lentement. J'attends que tu me ries au nez et que tu me craches que c'est tout ce que je mérite.

L'air malheureux, elle regarda en direction du Manoir Creux.

– Cependant, je pense que Locke cherche à t'humilier autant que moi, reprit-elle. Quelle image cela renvoie-t-il, après tout, qu'il t'ait volé ton amante puis se soit lassé d'elle aussi vite ?

Il se moquait bien de l'image que cela donnait de lui. À cet instant, c'était le cadet de ses soucis.

– Laquelle ? s'enquit-il. Quelle fille mortelle ?

– Quelle importance ? s'emporta Nicasia, manifestement exaspérée. L'une ou l'autre. Les deux.

Ça n'aurait pas dû être important. Les filles humaines étaient insignifiantes. Elles n'étaient rien. En fait, il aurait dû se réjouir que Nicasia soit si vite prise de remords. En revanche, lui n'avait aucune raison de sentir sa colère s'enflammer davantage.

– Au moins, tu auras le plaisir de voir comment réagira le grand général, quand Locke s'enlisera – ce qui ne manquera pas d'arriver.

– Ça ne suffit pas, souffla-t-elle.

– Alors quoi ?

– Punis-les.

Elle prit ses mains dans les siennes, une expression cruelle sur le visage.

– Punis-les tous les trois. Convaincs Valerian que persécuter les mortelles lui plaira. Oblige Locke à être de la partie. Fais-les tous souffrir.

– Tu aurais dû commencer par ça, dit Cardan en se levant. J'aurais accepté rien que pour m'amuser.

Ce ne fut que lorsqu'il posa un regard furieux sur Jude luttant contre le courant, de l'eau jusqu'à la taille, qu'il comprit qu'il allait avoir des ennuis. Un liquide sombre tourbillonnait autour d'elle, là où Valerian avait jeté son encrier. À proximité, des nixes aux crocs pointus guettaient.

Les cheveux trempés de Jude étaient plaqués sur sa gorge. À cause du froid, ses joues étaient rouges et ses lèvres bleues. Ses yeux noirs brûlaient de haine et de mépris.

Normal, pensa-t-il, puisque c'était à cause de lui qu'elle pataugeait dans la rivière. Valerian, Nicasia et même Locke se moquaient d'elle depuis la rive.

Jude aurait dû être intimidée. Elle était censée faire des courbettes, reconnaître la supériorité de Cardan. Un peu de soumission n'aurait pas été de trop. Cela lui aurait beaucoup plu qu'elle se mette à genoux pour le supplier d'arrêter.

– Renonce, ordonna Cardan, s'attendant à ce qu'elle obéisse.

– Jamais.

Un petit sourire troublant étirait les lèvres de Jude, comme si elle ne croyait pas à son propre culot. Le plus énervant, c'était que rien ne la forçait à être sincère. En tant que mortelle, elle pouvait mentir. Alors pourquoi s'en privait-elle ?

À ce jeu-là, elle n'avait rien à gagner.

Pourtant, après qu'il l'eut menacée de toutes les manières imaginables, après qu'il l'eut laissée grimper sur la rive, il se rendit compte que c'était lui qui avait perdu.

La nuit suivante, et bien des nuits après, il ne parvint pas à chasser Jude de ses pensées. Il comprenait la haine farouche dans ses yeux. Elle ne le dérangeait pas. Elle le réchauffait.

Par contre, son mépris affiché lui donnait l'impression qu'elle voyait à travers la dureté qu'il avait peaufinée au fil du temps. Cela lui rappelait comment son père et tous les courtisans le considéraient, avant qu'il apprenne à se protéger en se montrant infâme.

Acculée comme Jude l'était, il lui enviait la conviction qui la poussait à lui tenir tête et à le mettre au défi.

Elle aurait dû être une moins que rien. Elle aurait dû n'avoir aucune importance.

Il devait faire en sorte qu'elle n'en ait aucune.

Pourtant, chaque nuit, Jude le hantait. Les boucles de ses cheveux. Les callosités sur ses doigts. Sa manière de se mordre la lèvre d'un air absent. Elle prenait trop de place dans son esprit. Il savait que c'était trop, mais c'était plus fort que lui.

Et ça le dégoûtait.

Il fallait qu'elle comprenne qu'il lui était supérieur.

Qu'elle implore son pardon. Et qu'elle rampe. Il devait faire en sorte qu'elle l'admire. Qu'elle s'agenouille devant lui et quémande sa royale clémence. Qu'elle se rende. Qu'elle cède.

À toi de choisir ton avenir, lui avait dit Balekin la première fois qu'il avait amené Cardan au Manoir Creux. Mais personne ne choisit son avenir. On choisit une direction, sans savoir où elle mène.

Empruntez une direction, et un monstre vous réduira en charpie.

Empruntez-en une autre, et votre cœur sera transformé en pierre, en feu ou en verre.

Des années après son arrivée chez son frère, assis à une table à la cour des Ombres, Cardan apprit avec le Cafard à faire tourner une pièce sur les jointures de ses doigts et à la lancer pour qu'elle atterrisse de la manière qu'il souhaitait.

Il recommença, encore et encore, mais ses doigts refusaient de coopérer.

– Pile. Vous voyez ?

Le Cafard répéta le mouvement. À le voir, cela semblait si facile que c'en était frustrant.

– Mais pourquoi un prince comme vous souhaiterait apprendre un tour de filou pareil ?

– Qui ne voudrait pas contrôler le destin ? rétorqua Cardan en faisant de nouveau tourner sa pièce.

Le Cafard rabattit sa main sur la table, interrompant son geste.

– N'oubliez pas : la seule chose que vous pouvez contrôler, c'est vous-même.

X

Où le prince de Domelfe tente une bonne action

Le soir précédant le rendez-vous avec le Fæ solitaire dans le monde des mortels, Vivi et Heather emmènent Cardan et Jude boire un *bubble tea*. En réalité, il n'y a pas la moindre bulle là-dedans. Cardan se voit servir de savoureuses perles immergées dans un thé au lait sucré. Vivi opte pour de la gelée d'herbe et Heather pour une boisson à la lavande, de la même couleur et aussi parfumée que les fleurs.

Fasciné, Cardan insiste pour goûter chaque boisson. Puis il mord dans la demi-douzaine de raviolis chinois qu'ils ont commandée : champignons, chou et porc, bœuf et coriandre. Celui au poulet et à l'huile piquante lui brûle la langue. Il apaise la sensation avec une onctueuse crème dessert, suivie d'un beignet fourré aux haricots rouges confits qui collent aux dents.

Heather le fusille du regard, comme s'il venait de croquer la tête d'un sprite en plein banquet.

– Ça ne se fait pas, d'entamer un ravioli et de le remettre dans le plat ! le sermonne Chêne. C'est dégoûtant.

Cardan en conclut que l'infamie revêt bien des formes, et qu'il est doué pour toutes.

Jude plante sa baguette dans ce qui reste du beignet de haricots et le fourre dans sa bouche avec un plaisir manifeste.

– Quelqu'un veut ma photo ? lance-t-elle quand elle remarque qu'on l'observe.

Vivi rit avant de passer une nouvelle commande de raviolis.

De retour chez Heather, ils regardent un film sur une famille terrible qui habite dans un vieux manoir et dont la jolie baby-sitter rusée cherche à accaparer la fortune. Cardan est allongé sur le tapis, un bras derrière la tête, l'autre enlaçant la taille de Jude. Il comprend à la fois tout et rien de ce qu'il voit à l'écran, comme il comprend tout et rien en étant ici, avec la famille de Jude. Il se sent comme un chat sauvage qui pourrait mordre par habitude.

Chêne leur a prêté sa chambre. Le lit trop étroit ne dérange pas Cardan lorsque Jude est blottie dans ses bras.

– Le faste de ton palais doit te manquer, non? lui chuchote-t-elle dans l'obscurité.

Il suit le contour de sa lèvre, fait courir un doigt sur sa joue soyeuse, s'attarde sur une tache de rousseur puis s'arrête sur une minuscule cicatrice: une ligne pâle dessinée par une lame.

Il songe à lui raconter qu'enfant il méprisait le palais et n'avait qu'un rêve: fuir Domelfe. Elle le sait déjà, du moins en partie. Puis il est tenté de lui rappeler que désormais, ce fastueux palais est autant à elle qu'à lui.

– Absolument pas, répond-il seulement.

Il la sent sourire contre sa peau.

Après s'être remémoré à quel point il voulait quitter Domelfe, il ne peut s'empêcher de se souvenir à quel point Jude voulait y rester. Il pense aux difficultés qu'elle a rencontrées, aux combats qu'elle a vaillamment menés, au fait qu'elle continue à se battre alors que rien ne l'y oblige.

– Comment faisais-tu pour ne pas détester tout le monde? l'interroge-t-il. Tout le monde, tout le temps.

– Je te détestais, toi, le rassure-t-elle avant de poser sa bouche contre la sienne.

Tard le lendemain après-midi, Bryern se présente dans le petit bois situé entre la grand-route et la résidence de Heather.

L'ancien employeur de Jude s'avère être un puck vêtu d'un gilet et coiffé d'un chapeau melon. Sa fourrure est noire, il a des yeux caprins dorés et une attitude que Cardan juge assez déplorable. Il est accompagné de deux gardes du corps : un cluricaune à l'allure négligée et un ogre à l'air stressé, ce qui prouve que Bryern redoutait cette audience devant ses souverains. Cardan n'y voit pas de problème en soi (au contraire, il s'en félicite plutôt), mais si ces deux-là se croient capables de protéger Bryern du Grand Roi et de la Grande Reine de Domelfe, il y a de quoi se sentir insulté. De plus, Cardan juge insupportable qu'ils s'inclinent si peu pour les saluer.

Ils paraissent ébranlés en voyant qui accompagne Jude. En un sens, c'est ce qui le contrarie le plus : qu'ils aient pensé que le Grand Roi ne ferait pas l'effort de venir et laisserait sa reine se débrouiller seule.

Jude est habillée comme une mortelle. Elle porte un jean et ce que les humains appellent un sweat à capuche, ses pouces passés dans l'extrémité de ses manches trouées. Ses cheveux sont lâchés à l'exception de deux tresses qui encadrent son visage – une coiffure qu'elle pourrait avoir à Domelfe mais qui, ici, ne la différencie pas d'une jeune mortelle ayant grandi dans une famille de mortels.

De son côté, Cardan porte la tenue recommandée par Vivi : tee-shirt noir, blouson, jean et bottes. Pas d'or ni d'argent, à l'exception de ses bagues qu'il a refusé d'enlever. C'est la première fois qu'il revêt de son plein gré un ensemble si discret.

– Alors, dit Jude à l'intention de Bryern, tu comptes me réembaucher ?

Le puck a la sagesse de tressaillir légèrement.

– Votre Majesté, nous sommes dans une situation inextricable. Une cour du Nord-Ouest est arrivée, se disant à la poursuite d'un monstre, et elle refuse de respecter notre gouvernement autonome. Ses chevaliers nous réduisent en esclavage pour que nous combattions à leurs côtés. Quant au monstre, il massacre quiconque pénètre dans le bois qu'il a pris pour refuge.

– Ah, commente Jude. Et ces bois, où se trouvent-ils exacte…

– Quelle cour ? l'interrompt Cardan dans l'espoir de retarder le moment où elle acceptera de se battre.

– Celle de la reine Gliten, Votre Majesté, répond Bryern avant de se tourner vers Jude.

Il sort de sa poche un papier plié et ajoute :

– Voici une carte. J'ai pensé qu'elle vous serait utile.

La reine Gliten… Cardan fronce les sourcils. Ce nom lui dit vaguement quelque chose.

Jude glisse la carte dans sa poche.

Bryern lui adresse un salut maladroit, inclinant sa tête cornue.

– Je n'étais pas sûr que vous viendriez.

Cardan n'aurait pas aimé recevoir le regard que Jude jette au puck.

– C'est pour cette raison que tu as comparé mon père adoptif à Grima Mog ? Pour me faire culpabiliser ? le questionne-t-elle.

– Une comparaison qui ne doit pas vous froisser, puisque Grima Mog occupe désormais une place d'honneur à vos côtés, tempère le cluricaune, s'exprimant pour la première fois.

– Oh, la ferme, Ladhar, soupire Jude en levant les yeux au ciel. C'est d'accord, on s'en occupe. Vous ne direz pas que la Haute Cour n'a jamais rien fait pour vous.

Cette nuit-là, alors que Jude dort depuis longtemps, Cardan contemple le plafond, allongé sur le lit.

Il pense d'abord que, s'il ne trouve pas le sommeil, c'est à cause des odeurs inconnues de ce monde, de ce fort goût de fer qui imprègne tout. Puis il se dit qu'il est peut-être trop habitué à la douceur des couvertures de velours et au moelleux des matelas empilés.

Toutefois, lorsqu'il se glisse hors du lit, il se rend compte que ce n'est pas ce qui le tient éveillé.

Après leur rencontre avec Bryern, Jude était toute disposée à l'écouter. Oui, ils devaient sans attendre envoyer un message à la reine Gliten et ordonner à ses ambassadeurs de se présenter devant eux pour être sermonnés. Oui, ils devaient absolument demander des renforts. Et évidemment, Cardan pourrait jeter un coup d'œil à la carte, bien que celle-ci soit rangée dans le sac à dos de

Jude et qu'il ferait peut-être mieux de la regarder plus tard. Après tout, ils n'étaient pas si pressés.

Au dîner, Heather leur a cuisiné des « hamburgers » à base de « steaks végétaux » nappés de deux sauces, avec de la salade et des lamelles d'oignon cru préalablement trempé dans l'eau. Chêne en a mangé deux. Après le repas, Cardan s'est retrouvé dehors, à une table de pique-nique, à boire du rosé dans un gobelet en carton et à rire en écoutant Vivi raconter en détail comment Madoc tente de s'adapter au monde des mortels.

La soirée avait été très agréable.

Le mariage implique que chacun partage les centres d'intérêt de l'autre, et puisque ceux de sa femme sont tournés vers la stratégie et le meurtre, Cardan est habitué à la voir se jeter sur tout ce qui se dresse sur son chemin. Dans le cas présent, si elle n'est pas déjà en train de s'atteler à la tâche, c'est qu'elle mijote sans doute quelque chose.

À pas de loup, il se rend dans la cuisine où il prend le sac à dos de cuir, le fouille et en extirpe la carte de Bryern. À côté, il découvre l'antique armure faite de feuilles métalliques que Taryn (étonnamment) a découverte dans le trésor royal.

Désormais certain des intentions de Jude, il secoue la tête.

Avant le lever du jour, elle se réveillera, revêtira son armure, fixera dans son dos l'épée de son père mortel et filera en douce combattre la créature. Seule. C'est ce qu'elle a prévu de faire depuis le début, et cela explique pourquoi elle voulait venir sans domestiques ni chevaliers.

Ce serait bien fait pour elle qu'il s'assoie à la table de la cuisine pour la surprendre au moment où elle compterait partir discrètement.

Mais lorsqu'il se met à la fenêtre pour regarder la carte à la faible lueur du réverbère qui éclaire la rue, une autre surprise l'attend.

Sur la zone boisée censée abriter la créature, il est écrit *ASLOG*. Soudain, Cardan se rappelle où il a entendu le nom de la reine Gliten. C'est elle qui a dupé la troll, la privant de son dû. À présent, Aslog est traquée par Gliten mais aussi par Jude – à supposer que cette dernière ait la moindre chance.

Peut-être a-t-il le moyen de régler ce problème. Peut-être est-il le seul à pouvoir le faire.

Depuis le canapé où il a été exilé, Chêne ouvre un œil ensommeillé. En voyant Cardan, il se retourne, repousse les couvertures d'un coup de pied et s'enfonce davantage entre les coussins.

XI

Où le prince de Domelfe a ce qu'il mérite

Cardan s'est rarement promené seul dans le monde des mortels. L'étrangeté du paysage le fascine. La route s'étend devant lui, mélange de sable, de scories de métal et de graviers, le tout enrobé de pétrole puant. Il passe devant des supérettes et des salons de coiffure fermés, des pharmacies encore éclairées. Tout empeste le fer et la pourriture, mais cela le dérange de moins en moins. Il s'y habitue.

Après avoir enfilé un sweat à capuche appartenant à Vivi et fixé l'épée de Jude dans son dos, il s'est ensorcelé, à la fois pour dissimuler son arme et se faire passer pour un humain.

Même s'il dispose de la carte de Bryern, il se rend vite compte qu'aucun panneau de rue n'y figure et que, pour la lire, il faut connaître un minimum les lieux, ce qui n'est pas son cas. Après avoir tourné plusieurs fois, il finit par se diriger vers une station-service dans l'espoir qu'on l'oriente.

À l'intérieur, une télévision diffuse un bulletin météo au-dessus d'un employé aux cheveux grisonnants qui semble s'ennuyer ferme. Des barres chocolatées sont disposées à côté de câbles électriques et de trois compartiments réfrigérés pleins de boissons fraîches et de plats préparés. Sur une étagère de spécialités locales, on trouve des sachets de bonbons au caramel et du crabe en conserve. Un présentoir rempli de livres de poche d'occasion, essentiellement des thrillers et de la littérature sentimentale, trône au milieu de l'allée centrale. Cardan le fait tourner paresseusement. Un roman intitulé *La Passion du Duc,* avec la photo d'un homme torse nu sur la couverture, est placé à côté des suites : *Le Secret du Duc* et *La Promesse du Duc.* Un autre livre, *L'Inspecteur endormi,* est illustré d'un œil fermé.

Ce que Cardan ne trouve pas, ce sont des cartes.

– Excusez-moi, dit-il en s'approchant de l'homme derrière le comptoir avec l'intention de l'envoûter.

Jude n'est pas là pour s'en offusquer, et il pourra ainsi poser des questions qui auraient sûrement paru suspectes. Mais Aslog occupe toutes ses pensées. De plus, il ne peut ignorer ses horribles souvenirs du Manoir Creux et des serviteurs ensorcelés qui y travaillent. Il décide finalement de compter sur la bizarrerie intrinsèque des humains, en espérant que tout ira pour le mieux.

– Auriez-vous un moyen quelconque qui me permettrait de m'orienter sur votre territoire ?

– Ouaip.

L'employé se tourne vers une vitrine fermée à clé qui contient des cigarettes et divers médicaments. Il en sort une carte pliée, datée de trois ans.

– On ne me réclame plus tellement ce genre d'article, maintenant qu'on a tous des téléphones portables. On a arrêté d'en commander, mais vous pouvez prendre celle-là, si vous voulez.

Cardan la défroisse sur le comptoir puis tente de se repérer, comparant mentalement la carte qu'il a sous les yeux à celle esquissée par Bryern, totalement inutile.

L'homme désigne plusieurs exemplaires d'un même livre de poche rangés près des confiseries. Sur la couverture violette illustrée d'arbres morts façon cartoon, le titre est écrit en lettres sanguinolentes.

– Si vous cherchez des coins intéressants dans les environs, c'est moi qui l'ai écrit, et je l'ai autopublié. *Guide des lieux mystérieux de Portland, Maine.*

– Soit, mon brave. Je vais le prendre.

Cardan se félicite de son habileté à se faire passer pour un humain.

Il ne comprend pas ce que marmonne l'employé à propos de « touristes » pendant qu'il enregistre ses achats, mais il est sûr d'une chose : ça n'a rien à voir avec le Peuple.

Évidemment, il n'a pas d'argent. Toutefois, le Grand Roi de Domelfe ne paiera pas en feuilles ensorcelées, comme un vulgaire paysan. Il règle donc l'employé avec de l'or ensorcelé et sort de la boutique, content de lui.

À la lumière du lampadaire, il feuillette le guide dont un chapitre entier est consacré aux enlèvements par les extraterrestres. Il se demande si Balekin en est responsable : les années qui passent comme des heures sont une manifestation fréquente des troubles de la mémoire engendrés par les envoûtements.

Il apprend qu'en ville une entité hante une rue animée et en particulier les bars, où les verres des clients se vident lorsqu'ils ont le dos tourné. *Ladhar,* pense-t-il. Puis il passe sur des histoires de navires fantômes et de sirène assise sur les rochers, dont le chant mènerait les marins à leur perte.

Quelque temps après, le voilà arrivé à l'orée des William Baxter Woods, les bois où Aslog est censée avoir établi son repaire. Il ignore depuis combien de temps la troll y vit, mais après avoir lu deux histoires mentionnant la présence d'une sorcière au cœur de ces bois, il en déduit que cela doit remonter à quelques années. Apparemment, un sentier y menait naguère, mais les gardes forestiers en ont fermé l'accès après la disparition de trois joggeurs.

Grâce à la carte où foisonnent les noms de rue, Cardan trouve rapidement le sentier interdit. Il franchit d'un bond la barrière et glisse le long d'une pente menant à un ravin.

Une fois qu'il s'est enfoncé dans les bois, les bruits lui parviennent comme assourdis. Le vrombissement des voitures et les bourdonnements électriques incessants se taisent. Cardan lève son ensorcellement, soulagé d'en être débarrassé, et hume le parfum de mousse et d'humus.

Le clair de lune se reflète sur les feuilles et la roche. Il avance d'un pas léger. Puis il repère une autre odeur : celle du poil roussi.

Soudain, il aperçoit Aslog. Son corps massif est penché au-dessus de deux pierres. Elle fait tourner la première sur la seconde, d'où s'échappe une fine poudre blanche. À côté se trouve un gril cabossé, comme si elle l'avait récupéré dans un tas d'ordures. Elle a meublé l'endroit avec des fauteuils de jardin rouillés et un vieux canapé sur lequel poussent des champignons. Au sol, Cardan remarque aussi des vêtements.

– Petit roi, déclare la troll. Toi ici, dans le monde des mortels ?

– Je suis surpris de t'y trouver également, Aslog de l'Ouest. Je me demande pourquoi la reine Gliten tient tant à te capturer. Ce n'est quand même pas à cause de ce que tu fais, bien que j'ignore de quoi il s'agit.

Il désigne vaguement l'activité à laquelle elle s'adonne.

– J'ajoute désormais de l'os en poudre à mon pain, explique Aslog. Réduit aussi finement que le grain. Mes miches seront encore plus réputées qu'avant, mais pas pour la même raison. Oui, j'ai servi à la reine Gliten les os de son époux à sa table, et alors ? Elle ne méritait pas mieux ! Contrairement à elle, moi, je paie mes dettes.

Cardan ricane. La troll l'observe, étonnée.

– Eh bien, dit-il, c'est affreux, mais assez drôle tout de même. L'a-t-elle mangé avec du beurre ou de la confiture ?

– Ça me revient, à présent : tu as toujours ri quand tu aurais mieux fait de te taire, lui reproche-t-elle en lui lançant un regard noir.

Cardan s'abstient de préciser qu'il rit lorsqu'il est nerveux.

– Je suis venu te faire une offre, Aslog. Je ne suis pas mon père. En tant que Grand Roi, je peux obliger la reine Gliten à te donner la terre qui t'était due, sans toutefois t'épargner les conséquences de tout ce que tu as fait depuis. Cependant, je peux t'aider si tu m'y autorises.

– Que représentent quelques humains à tes yeux ? Tu ne m'as jamais paru du genre à les aimer… jusqu'à ce que tu épouses une mortelle. En fait, tu ne m'as jamais paru aimer qui que ce soit.

– Tu m'avais dit que les histoires pouvaient changer et les garçons aussi. Toi et moi sommes différents de ce que nous étions lors de notre dernière rencontre.

– Il fut un temps où je n'espérais rien de plus que ce que tu me proposes aujourd'hui. À présent, il est trop tard. Je ne suis plus la même.

La troll rit et ajoute :

– Qu'as-tu dans le dos ? Ne me dis pas que c'est une arme ! Tu ne sais pas te battre.

Face à ce constat, Cardan pousse un long soupir.

– Je suis le Grand Roi de Domelfe. J'ai fait surgir une île du fond de la mer. J'ai étranglé une dizaine de chevaliers avec des plantes grimpantes. Je ne crois pas en avoir besoin, mais ça me donne fière allure, non ?

Ce qu'il ne dit pas, c'est qu'il l'a prise pour retarder Jude, au cas où elle se réveillerait tôt.

– Viens t'asseoir avec moi, dit Aslog en montrant le canapé.

Cardan fait trois pas quand tout à coup, le sol se dérobe sous ses pieds. Il dispose d'une ou deux secondes pour se maudire avant d'atterrir au fond d'un piège, l'un des fauteuils métalliques lui tombant dessus. Autour de lui, un nuage de fines particules noires et brillantes se soulève. Cardan les respire et se met aussitôt à tousser, saisi de l'horrible impression de s'étouffer avec des braises ardentes.

Du fer.

Piégé au fond du trou, il repousse le fauteuil et se lève. Les morceaux métalliques s'accrochent à ses vêtements. Le contact sur sa peau est aussi douloureux que des morsures de fourmis rouges.

Jude n'aurait pas commis une telle erreur, Cardan en est convaincu. Elle aurait été sur ses gardes dès qu'elle aurait pénétré dans les bois. Non, c'est inexact : Jude est sur ses gardes à chaque instant de sa vie.

Sans parler du fait que le fer ne l'aurait nullement ralentie.

Si Cardan meurt de cette manière, elle le lui reprochera jusqu'à la fin de ses jours.

– Même le Grand Roi ne peut supporter le fer, affirme Aslog en s'approchant pour regarder au fond de la fosse.

Au-dessus d'elle, Cardan aperçoit les arbres. La pleine lune brille telle une pièce d'argent polie glissant dans le ciel. À l'horizon, les premières lueurs de l'aube

sont encore lointaines et, là où il se trouve, il se peut qu'il ne les voie même pas.

La troll se penche et réapparaît munie d'un long outil : une sorte de manche en bois surmontée d'une pique noire. Elle s'agenouille et tente d'embrocher Cardan comme elle pêcherait le marlin.

Elle rate son coup à deux reprises, mais réussit à lui érafler l'épaule à la troisième tentative. Il esquive les coups, brandissant le fauteuil devant lui comme un bouclier.

Aslog ricane.

– Le fer te prive même de tes pouvoirs, petit roi.

Gisant dans la limaille de fer, le cœur battant la chamade, Cardan essaie de puiser dans sa magie. Il sent la terre ; il peut malgré tout en tirer quelque chose. Mais lorsqu'il se concentre sur les arbres pour qu'ils inclinent leurs branches vers lui, le contrôle lui échappe. La poussière de fer émousse ses pouvoirs.

Une fois de plus, il tente de déployer sa magie et voit les branches frissonner, se baisser. Peut-être qu'en restant très concentré…

Aslog le vise de nouveau avec sa pique, qu'il bloque grâce à l'assise du fauteuil. Le fracas métallique résonne comme une cloche.

– C'est idiot, reproche-t-il à Aslog. Tu m'as piégé. Je ne m'enfuirai nulle part, alors quel mal y a-t-il à discuter ?

Il redresse le fauteuil rouillé puis époussette autant qu'il le peut la limaille de fer dont il est couvert, malgré les brûlures que cela occasionne à ses mains. Après quoi, il s'assoit et croise les jambes, adoptant délibérément une posture décontractée.

– As-tu une dernière chose à dire avant que je te transperce ? demande la troll, se retenant toutefois de frapper. Tu es venu dans mes bois, petit roi, et tu m'as insultée avec ta proposition de justice. Crois-tu que je souhaite punir uniquement la reine Gliten ? Comme ton père est mort, quelqu'un d'autre doit récolter ce que je lui dois.

Cardan prend une profonde inspiration.

– Laisse-moi te raconter une histoire.

– Toi ? s'étonne-t-elle. Une histoire ?

– Il était une fois un garçon qui avait une langue rusée, commence-t-il en levant les yeux vers elle.

Son épaule palpite. Il a de nouveau l'impression d'être un enfant – le petit garçon dans les écuries.

– Oh ho ! caquette la troll. Ça me rappelle quelque chose.

– Possible, réplique-t-il avec un sourire, espérant dissimuler son angoisse.

Il songe à Locke et à sa manière de raconter les histoires, à la façon dont il les inventait au fur et à mesure, en tissant les éléments pour ravir autant que faire se peut celui qui les écoutait. Pourvu qu'il y parvienne à son tour.

– Le garçon vivait sur une île où il engendrait beaucoup de problèmes, poursuit-il. Il rabaissait les gens, qui en venaient à se détester, mais qui le détestaient plus encore. Il se montrait odieux avec les jeunes filles du village et préférait les piques aux baisers. Peut-être n'avait-il aucune raison d'agir ainsi, peut-être était-il né mauvais, peu importe. Comme rien ne lui faisait plaisir, il alla dans les bois où vivait une troll et la supplia de changer son cœur en pierre.

– Intéressante, cette variante, commente Aslog.

L'air satisfait, elle traîne l'un des fauteuils rouillés et grinçants au bord de la fosse avant de s'y installer docilement.

– Il était furieux et idiot, enchaîna Cardan qui n'eut pas à chercher loin son inspiration. Son souhait réalisé, il n'éprouva plus ni plaisir, ni souffrance, ni peur, ni espoir. Au début, il considéra son cœur de pierre comme une bénédiction. N'ayant

aucune raison de rester dans son village, il rassembla ses maigres effets personnels et traversa la mer pour chercher fortune.

» Il finit par débarquer dans une ville et se fit embaucher dans une taverne. Il devait porter des barils de bière dans un cellier au sol de terre battue et les ranger avec les caisses d'oignons, les meules de fromage, les navets et les bouteilles d'un vin clair et aigre que le tavernier servait coupé d'eau à ses clients. C'était le garçon qu'on envoyait tordre le cou des poules et jeter dehors les ivrognes qui n'avaient plus de quoi s'offrir à boire. On le payait peu, mais il avait le droit de dormir sur le plancher près du feu mourant, et on lui donnait autant de bols de bouillon graisseux qu'il pouvait en avaler.

» Alors qu'il était allongé là, il entendit deux hommes s'entretenir d'une compétition peu commune. Un riche seigneur de guerre cherchait à marier sa fille. Pour l'épouser, il suffisait de passer trois nuits en sa compagnie sans montrer le moindre signe de peur. Aucun des deux hommes n'avait envie de tenter sa chance, mais le garçon songea qu'il irait, lui, puisque son cœur était de pierre. Ainsi, il baignerait dans l'opulence le restant de ses jours.

– Un seigneur de guerre, dis-tu ? répète la troll d'un air sceptique.

– Oui, c'est ça, confirme Cardan. Très belliqueux.

Il déclarait si souvent la guerre que c'est sûrement pour cette raison que sa fille avait fini par être ensorcelée.

– Sais-tu pourquoi les gens du Peuple savent raconter les histoires ? demande soudain Aslog en se penchant vers l'avant.

De la rouille tombe autour de son fauteuil qui, comparé à l'imposante masse de la troll, paraît conçu pour un enfant.

– Nous sommes pourtant incapables de mentir, poursuivit-elle. Alors comment est-ce possible ?

En disant ces mots, elle suppose que Cardan ne s'est jamais interrogé à ce sujet. Au contraire, il s'est posé la question maintes fois.

– Parce que les histoires racontent une vérité, répond-il en s'efforçant de cacher son angoisse. Même si ce n'est pas exactement la vérité.

Satisfaite, la troll se carre dans son fauteuil.

– Assure-toi que ton histoire en dise bien une, petit roi, sinon elle s'asséchera dans ta bouche, à l'instar de ma patience.

Tachant de ne pas se laisser déstabiliser, Cardan reprend son récit.

– Ce soir-là, le garçon dit au tavernier ce qu'il pensait de lui avant de s'en aller. Il se fit donc un ennemi de plus, sans raison valable.

» Il retourna à son bateau sur le quai et se rendit sur les terres du seigneur de guerre. Lorsqu'il arriva, l'homme le toisa puis secoua la tête, certain par avance que le garçon

échouerait. Malgré tout, il l'autorisa à tenter sa chance. « Si tu réussis à passer trois nuits avec ma fille, tu l'épouseras et tu hériteras de toutes mes possessions », lui promit-il. En regardant l'immense propriété alentour, le garçon songea qu'à l'avenir ces richesses, à défaut de lui procurer du plaisir, lui permettraient de se tourner les pouces.

» Le soir venu, il réalisa que c'était troublant de ne rien éprouver du tout. On lui servit les plats les plus délicieux qu'il eût jamais mangés, mais il n'en tira aucune joie. On le baigna et le vêtit de la tenue la plus élégante qu'il eût jamais vue, mais il n'en fut pas plus heureux que s'il avait porté des hardes. Il avait supplié qu'on lui donne un cœur de pierre et, pour la première fois, il le sentit peser dans sa poitrine. Il se demanda s'il devait redouter ce qui l'attendait, et si cela posait un réel problème d'être incapable d'avoir peur.

» À la nuit tombée, on le conduisit dans une chambre garnie d'un lit à baldaquin. En faisant le tour de la pièce, il remarqua que le plâtre des murs était griffé. Il ôta les couvertures : un nuage de plumes s'envola avant de se déposer au sol.

Au moment où ses yeux se posaient sur le tapis visiblement taché de sang, la fille entra. C'était un monstre couvert de poils, à la gueule bordée de crocs tranchants comme des rasoirs. À cause de son cœur de pierre, le garçon resta planté là. Il savait que, s'il tentait de s'enfuir, c'en serait fini de lui. De toute façon, il fut presque sûr d'entendre le cliquetis du verrou de la porte que l'on fermait.

» Ils restèrent ainsi un certain temps. Le garçon ne savait pas si le moindre mouvement déclencherait une attaque, et le monstre attendait un signe de peur. Finalement, le garçon s'approcha de la créature. Il caressa sa mâchoire duveteuse. Elle se laissa aller contre sa paume et y frotta sa tête, comme un chat.

Cardan marque une pause. Il est presque à la fin de son histoire, et il faut qu'Aslog l'écoute encore un peu. Il regrette de ne pas voir l'horizon, qui lui donnerait une idée de l'heure. Il ne peut se fier qu'aux étoiles qui pâlissent.

– Ils restèrent ensemble toute la nuit. Le garçon contempla le monstre lové sur le tapis. Il connaissait les pouvoirs de la troll qui lui avait jeté le sort, mais il n'avait encore jamais vu ce genre de magie. Malgré son cœur plus dur et plus froid que jamais, il se demanda ce qu'il aurait éprouvé si son cœur avait été normal.

» Il finit par s'endormir. À son réveil, la maisonnée manifesta bruyamment sa joie. C'était la première fois qu'un des candidats réussissait à passer une nuit entière avec le monstre. On fit grand cas de lui, mais lorsqu'il posa des questions sur la créature, il n'obtint guère de réponse. Aussi, il partit explorer les lieux afin d'en apprendre plus par lui-même.

» En limite de propriété, il tomba sur une maisonnette devant laquelle une vieille femme plantait des herbes aromatiques. "Viens m'aider à planter", lui dit-elle. Mais comme le garçon était toujours aussi méchant, il refusa. "Je n'aiderais pas ma mère à planter, alors pourquoi t'aiderais-je, toi ?" La vieille femme l'observa de son regard trouble. "Il n'est jamais trop tard pour être un bon fils", répliqua-t-elle. Ne trouvant rien à répondre, il planta les aromates. Quand ils eurent terminé, en guise de remerciement, elle lui confia que la fille avait été élevée pour guerroyer, comme son père, mais que lorsqu'elle lui avait fait part de son souhait de déposer les armes, il s'y était opposé. Quand le garçon demanda si c'était le père qui avait jeté un sort à sa fille, la vieille femme resta silencieuse.

» Le deuxième soir se déroula à peu près comme le premier. Le monstre lui rugit au visage, mais le garçon ne s'enfuit pas en hurlant de terreur, et ils passèrent une nuit tranquille.

– Laisse-moi deviner la suite, l'interrompt la troll. La troisième nuit se déroule à merveille également. La malédiction du garçon est levée, ainsi que celle de la jeune fille. Ils se marient et vivent heureux pour toujours. Par conséquent, la morale de l'histoire, c'est que l'amour permet de se racheter.

– Ne crois-tu pas que les filles monstrueuses et les garçons maléfiques méritent de connaître l'amour ? l'interroge Cardan dont le cœur s'affole devant les rares étoiles encore visibles.

S'il parvient à retenir l'attention d'Aslog encore un peu, il a des chances de s'en sortir.

– Est-ce une histoire de gens qui finissent par avoir ce qu'ils méritent ? s'enquiert Aslog.

– Tu verras bien. Le lendemain, le garçon refit le tour de la propriété et rencontra de nouveau la vieille femme. Cette fois, elle raccommodait des couvertures. "Viens m'aider dans ma couture", lui dit-elle. Mais le garçon refusa. "Je n'aiderais pas ma sœur dans sa couture, alors pourquoi t'aiderais-je, toi ?" La vieille femme l'observa en plissant les yeux, comme si elle voyait son cœur de pierre. "Il n'est jamais trop tard pour être un bon frère", répliqua-t-elle. Ne trouvant rien à répondre, il s'assit et l'aida dans son ouvrage. Quand ils eurent terminé, en guise de remerciement, elle lui confia qu'elle était une sorcière et que c'était elle qui avait jeté le sort à la jeune fille, mais seulement parce que celle-ci avait demandé à être assez puissante pour que son père perde son contrôle sur elle. Le seigneur de guerre avait alors menacé la sorcière, la forçant à modifier le sort de sorte que, s'il trouvait un homme qui passerait trois nuits avec sa fille sans avoir peur, celle-ci serait à nouveau contrainte de lui obéir.

Aux mots de Cardan, la troll fronce les sourcils.

– Le troisième soir, la maisonnée ne tenait plus en place. On passa au garçon une tenue de mariage, les noces étant prévues le lendemain à l'aube. Le seigneur de guerre se présenta et loua le courage du garçon.

» Mais la troisième nuit, tandis que celui-ci attendait l'arrivée du monstre, il songea à ce qu'il avait appris sur la jeune fille et à la malédiction qui pesait sur elle. Il pensa à son cœur de pierre et à sa langue rusée qui ne lui avaient apporté que des ennuis. Il savait qu'il avait perdu toute possibilité d'être heureux, mais il avait également conscience qu'il ne souffrirait jamais. Il pourrait vivre dans le luxe et le confort. Hélas, cela ne lui rendrait jamais ce à quoi il avait renoncé.

» Alors, lorsque la créature entra dans la chambre, le garçon se mit à hurler.

– C'est un idiot, commente la troll.

– Ça, on le savait déjà, admit Cardan. Vois-tu, il avait compris que sa peur n'avait pas besoin d'être réelle. Il lui suffisait de la feindre. Et comme il avait un cœur de pierre, il ne craignait pas les conséquences. Il avait donc décidé de tenter le tout pour le tout.

» Tu connais la suite : elle le projeta contre le mur d'un

seul coup puissant, et le garçon sentit quelque chose se briser dans sa poitrine.

– Son cœur, devine Aslog. Dommage qu'il ait connu la terreur et l'angoisse de la mort.

Cardan sourit puis reprend :

– Une peur panique l'envahit soudain, ainsi qu'un étrange et tendre amour pour sa fiancée maudite.

» "Tu m'as guéri, dit le garçon, les joues mouillées de larmes. Maintenant, laisse-moi faire en sorte que ta malédiction ne soit jamais levée." La créature s'arrêta pour l'écouter.

» Il lui exposa son plan. Elle l'épouserait, et il jurerait de ne jamais passer trois nuits d'affilée avec elle sans avoir un petit peu peur. Ainsi, la fille ensorcelée et l'affreux garçon à la langue rusée se marièrent. Elle put conserver son pouvoir et son apparence monstrueuse, et lui retrouva son cœur de chair. Tout ça grâce au risque qu'il avait pris.

– Est-ce donc cela, la morale de l'histoire ? demande la troll en se levant de son fauteuil rouillé.

Cardan se lève à son tour.

– Je suppose que, dans les histoires, chacun est libre de trouver la morale qu'il veut. En voici une : avoir un cœur, c'est terrible, mais c'est de toute façon indispensable.

» En voici une autre : avec les histoires, on peut tout justifier. Peu importe que le garçon au cœur de pierre soit un héros ou un vaurien. Peu importe qu'il ait eu ce qu'il méritait ou pas. Personne ne peut le récompenser ou le punir, hormis le narrateur. C'est lui qui donne sa couleur à l'histoire, pour guider les sentiments de celui qui l'écoute. Un jour, tu m'as dit que les histoires pouvaient changer. L'heure est venue de changer la tienne.

» La reine Gliten t'a dupée, et le Grand Roi a refusé de recevoir ta plainte. Tu n'as pas eu ce qui te revenait, mais rien ne t'oblige à vivre dans cette histoire pour toujours. Personne n'est obligé de conserver un cœur de pierre.

Aslog contemple le ciel avant de se concentrer de nouveau sur Cardan.

– Tu crois m'avoir accaparée suffisamment longtemps pour que le soleil se lève et me surprenne, déclare-t-elle, mais tu t'es trompé. Te tuer ne me prendra qu'un bref instant, petit roi.

– Et toi, tu penses que c'est le soleil que j'attendais et non ma reine. Ne l'entends-tu pas approcher ? Elle n'a jamais maîtrisé aussi bien que nous, gens du Peuple, l'art de marcher sans bruit. Tu vois sûrement de qui je parle :

Jude Duarte, celle qui a vaincu Grima Mog et écrasé la cour des Crocs. Grâce à elle, je m'en suis toujours sorti. Honnêtement, je ne sais pas ce que je ferais sans elle.

Aslog doit avoir entendu parler de Jude, car elle se détourne du piège pour fouiller les bois du regard.

Cardan en profite pour se concentrer sur son lien avec la terre. Ses pouvoirs sont réduits dans le monde des mortels et à cause de la limaille de fer, mais il n'en demeure pas moins le Grand Roi de Domelfe. Les grands arbres inclinent leurs branches assez bas pour qu'il en saisisse une et se hisse hors du trou.

Sitôt libre, il soulève le fauteuil où la troll était assise.

Stupéfaite, Aslog fait volte-face. Sans l'ombre d'une hésitation, Cardan frappe la troll au ventre avec les pieds du fauteuil et la pousse au fond du piège, où elle tombe sur le dos.

Un hurlement de douleur s'échappe de la fosse lorsque Aslog se retrouve couverte d'une généreuse couche de poudre ferrugineuse.

Tandis qu'elle se met debout, Cardan dégaine Crépuscule, l'épée de Jude, et la pointe sur la troll.

– Rien de ce que j'ai dit n'était un mensonge, à l'exception de l'ensemble, reconnaît-il en haussant les épaules en guise d'excuse.

Aslog regarde le piège autour d'elle et attrape les racines qui l'entourent. Elle est plus grande que Cardan, mais pas au point de pouvoir se hisser hors du trou sans aide. Elle a bien pensé son piège, afin qu'il fonctionne pour tous les chevaliers de la reine Gliten quels qu'ils soient.

– Et maintenant, que fait-on ? le questionne-t-elle.

– On attend le lever du soleil, répond Cardan, le regard tourné vers l'horizon rougeoyant. Et personne ne meurt.

Il reste assis avec elle pendant que le rouge vire à l'or et que le noir cède la place au bleu. Il reste assis avec elle pendant que la peau d'Aslog grise peu à peu. Il ne détourne pas les yeux, même lorsque le sentiment d'avoir été trahie se fige sur le visage de la troll pétrifiée.

Après quoi, il se laisse tomber en arrière dans l'herbe. Étourdi, il reste allongé un long moment, jusqu'à entendre l'armure de Jude tinter. Il lève les yeux : elle accourt vers lui.

– *C'est quoi, ton problème ?* hurle-t-elle en s'agenouillant auprès de lui.

Elle écarte aussitôt le sweat-shirt pour examiner sa blessure à l'épaule. Ses doigts sont frais sur sa peau brûlante. C'est agréable. Il aimerait qu'elle ne les retire pas tout de suite.

– Tu m'as dit de ne pas y aller seule, et c'est précisément ce que tu as fait ! lui reproche-t-elle.

– Je connaissais Aslog. Nous étions amis. Enfin, pas tout à fait. Mais un lien nous unissait. Et j'ai décidé de jouer les héros, pour voir quel effet ça faisait. Pour essayer.

– Et alors ?

– Ça ne m'a pas plu, reconnaît-il. Dorénavant, je crois qu'on devrait envisager nos rôles de monarques comme purement décoratifs. Il vaudrait mieux que les cours inférieures et les Fæs solitaires gèrent leurs affaires eux-mêmes.

– À mon avis, tu fais un empoisonnement au fer.

C'est probable ; cette suggestion est toutefois assez vexante, étant donné que ce qu'il dit est parfaitement sensé.

– Tu es fâchée contre moi juste parce que je t'ai devancée, fait-il remarquer.

– C'est complètement faux !

Jude l'aide à se relever et se glisse sous son épaule valide.

– Je ne suis pas arrogante au point de me lancer dans un combat contre une troll au beau milieu de la nuit, poursuit-elle. Et je t'assure que je n'aurais jamais réussi à la soûler à mort rien qu'avec des mots.

– Elle n'est pas morte, objecte Cardan. Seulement pétrifiée. D'ailleurs, ça me rappelle qu'il faut donner l'ordre à nos domestiques de la ramener à Domelfe avant le coucher du soleil. Elle doit peser un certain poids.

– Sans blague, marmonne Jude.

– Tu n'as pas entendu l'histoire que je lui ai racontée. Dommage. Ça parlait d'un beau garçon au cœur de pierre, naturellement doué pour l'infamie. Tout ce que tu aimes.

Elle rit.

– Tu es terrible, tu sais ça ? Je ne comprends même pas pourquoi ce que tu dis me fait sourire.

Il se laisse aller contre elle, s'abandonne à la chaleur qui émane de sa voix.

– Il y a tout de même une chose qui m'a plu en jouant les héros. Une seule. C'est que je n'ai pas eu à me ronger les sangs pour toi.

– Je me mettrai à genoux s'il le faut, lui dit Jude, mais je t'en conjure, la prochaine fois que tu voudras prouver quelque chose, fais-le de manière moins spectaculaire.

Il a mal à l'épaule. Elle a peut-être raison pour l'empoisonnement au fer. Ce qui est sûr, c'est que la tête lui tourne. Néanmoins, il sourit en contemplant les arbres, les lignes électriques, le ciel zébré de nuages. Finalement, il rétorque :

– Tant que tu es à genoux…

Remerciements

Du début à la fin, ce fut un projet étrange et magique que de nombreuses personnes m'ont aidée à mener à bien.

Je dois d'abord remercier Joanna Volpe, mon agente, d'avoir trouvé comment ce livre pouvait fonctionner ; Alvina Long, mon éditrice, d'avoir accepté de s'embarquer dans un projet aussi bizarre ; et Karina Granda, notre directrice artistique, de l'avoir guidé à chaque étape pour aboutir au résultat que vous avez devant les yeux. Merci à Ruqayyah Daud et Jordan Hill d'avoir su gérer autant de détails et d'avoir su me gérer, moi.

Merci à Siena Koncsol et à tout le service marketing et promotion de Little, Brown Books For Young Readers, avec qui c'est toujours une joie de collaborer.

Merci à Emma Matthewson et à toute l'équipe de Hot Key Books de l'enthousiasme qu'elles ont manifesté dès le début pour cette série.

Merci à Rovina Cai d'avoir accepté de participer à cette aventure, puis de m'avoir supportée lorsque je réclamais sans cesse plus d'extravagances de la part de Cardan.

Merci à mes partenaires de critique pour votre aide. Merci à Kelly Link d'avoir lu soixante-dix versions de ce texte ; à Cassandra Clare, à Joshua Lewis et à Steve Berman d'avoir organisé un atelier avec une rapidité sans nul doute contraignante ; à Sarah Rees Brennan de m'avoir aidée à imaginer ce qui s'était passé au début, puis de m'avoir aidée à tout revoir lorsque j'ai pris une direction radicalement différente ; à Leigh Bardugo d'être intervenue et de m'avoir rappelé ce qu'est une intrigue et de quels moyens je disposais pour suggérer qu'il y en avait une.

Merci également à Jessica Cooper de m'avoir informée sur ce qui plairait aux lecteurs.

Enfin, comme toujours, merci à Theo et à Sebastian d'être à la fois une source d'inspiration et de distraction.

DANS L'UNIVERS DE LA SÉRIE « LE PEUPLE DE L'AIR » :

RAGEOT s'engage pour l'environnement en réduisant l'empreinte carbone de ses livres.
Celle de cet exemplaire est de :
543 g éq. CO_2
Rendez-vous sur
www.rageot-durable.fr

PAPIER À BASE DE FIBRES CERTIFIÉES

Achevé d'imprimer en France en août 2022 par l'imprimerie Pollina (Luçon)
Dépôt légal : octobre 2022
N° d'édition : 7881-01